Nofel afaelgar, amrywiol ei thymer sy'n cynnwys disgrifiadau dirdynnol a graffig o ryfel am yn ail â darluniau tyner a dynol o'r trueiniaid a ddaliwyd yn ei ganol. Mae arni ôl ymchwil anymwthgar ac adnabyddiaeth sicr o'r arferion nomadaidd a'r dulliau milwrol a ddisgrifir. Dyma waith creadigol sy'n gwneud i'r Gymraeg edrych i fyw llygad y byd sydd ohoni – byd Bin Laden yn y dwyrain a Bush yn y gorllewin, byd Hani'r hunanfomiwr yn Dubai a Jon y milwr yn Washington – drannoeth *9/11* ac yn nyddiau'r 'Rhyfel yn erbyn Terfysgaeth'. Mewn gair, dyma ychwanegiad cyfoes a phwerus at *genre* llenyddiaeth rhyfel yn y Gymraeg.

Yr Athro Gerwyn Williams

Dyma awdur profiadol, sy'n deall adeiladwaith a strwythur nofel i'r dim . . . Dechreua'r stori â phennod sy'n cydio sylw'r darllenydd ar unwaith, gyda Hani'n cerdded trwy strydoedd Dubai a bom yn wregys iddo. O dipyn i beth yn ystod y gyfrol, down i ddeall beth sydd wedi dod ag ef i'r sefyllfa hon a beth sydd wedi achosi i Jon grwydro'n feddw mewn dinas ddieithr yn America. Y stori sy'n gyrru'r gyfrol; mae'r ysgrifennu'n syml a chlir, ac mae'r symylrwydd yn mynegi cyffro'r naratif. Rwy'n siŵr y bydd hon yn gyfrol boblogaidd iawn.

Catrin Beard

Ni allaf feddwl am yr un nofel sylweddol Gymraeg a leolwyd dramor lle nad yw'r awdur wedi teimlo'r angen i roi iddi ryw ddolen gyswllt Gymreig naill ai trwy ei chyfeiriadaeth neu o leiaf un o'i chymeriadau. Gwnaeth Llion Iwan rywbeth prin, os nad unigryw. Cymerodd gynfas rhyngwladol cyfoes a defnyddiodd y Gymraeg i adrodd ei stori heb deimlo'r angen i'w cyfiawnhau ei hun yn y modd hwn o gwbl. Mae'n awdur eofn ac uchelgeisiol a chreodd stori grefftus, epig ei rhychwant.

Mae'r cyfan yn darllen fel crynodeb o ryw ffilm ryngwladol arfaethedig ag iddi gyllideb enfawr. Naill ai trwy brofiad neu o ganlyniad i ymchwil fanwl, gall yr awdur ymdrin â gweithdrefnau ac offer milwrol yr UD gyda chryn argyhoeddiad. Mae hefyd yn dallt y dalltings i'r dim parthed gwleidyddiaeth gweinyddiaeth Bush. Ar ben hynny, mae'n ymddangos iddo'i drwytho'i hun yn hanes ac arferion y gwahanol lwythau a phobloedd sy'n byw yn nhiroedd mynyddig anghysbell y rhan honno o'r byd.

Yr hyn a gododd y nofel hon uwchlaw'r cyffredin i mi oedd ei hyder a'i chyfoesedd. Dyma awdur nad yw'n hiraethu am yr un 'ddoe na ddaw yn ôl' nac yn teimlo'r angen i wisgo'i weledigaeth â'r un ffantasi ffuantus. Iddo ef yr âi'r Fedal Ryddiaith eleni pe cawn i fy ffordd.

Aled Islwyn

Yr Anweledig

Yr Anweledig

Llion Iwan

Gomer

Cyhoeddwyd yn 2008 gan
Wasg Gomer, Llandysul, Ceredigion SA44 4JL

ISBN 978 1 84323 030 2

Hawlfraint © Llion Iwan 2008

Mae Llion Iwan wedi datgan ei hawl dan
Ddeddf Hawlfreintiau, Dyluniadau a Phatentau 1988
i gael ei gydnabod fel awdur y llyfr hwn.

Cedwir pob hawl. Ni chaniateir atgynhyrchu unrhyw ran
o'r cyhoeddiad hwn, na'i gadw mewn cyfundrefn
adferadwy, na'i drosglwyddo mewn unrhyw ddull na thrwy
unrhyw gyfrwng, electronig, electrostatig, tâp magnetig,
mecanyddol, ffotogopïo, recordio, nac fel arall, heb
ganiatâd ymlaen llaw gan y cyhoeddwyr.

Dymuna'r cyhoeddwyr gydnabod cymorth
Cyngor Llyfrau Cymru.

Argraffwyd a rhwymwyd yng Nghymru gan
Wasg Gomer, Llandysul, Ceredigion

I
Dawn,
gyda chariad

Diolch i Telor am ddarllen a rhoi cyngor,
ac i Bethan Mair am ei chefnogaeth,
ei golygu gofalus a'i gwaith caled.

'Efallai nad oes gennyt ti ddiddordeb mewn rhyfel, ond mae gan ryfel ddiddordeb ynot ti.'

Leon Trotsky

Ar lan y môr

Dallwyd llygad chwith Hani gan gurfa ddiweddaraf yr heddlu. Torrwyd ei drwyn yr un pryd. Ysgwyd ei ben wnaeth y doctor chwyslyd, a choler ei grys wedi breuo, pan aeth Hani ato am gymorth. Roedd ei feddygfa anghyfreithlon uwchben cigydd Halal yn un o strydoedd cefn y ddinas newydd ar lan y môr.

'Dwi wedi trin llawer sydd wedi'u curo gan yr heddlu, ond welais i erioed neb mor ddrwg â chdi.' Llyncodd y meddyg o Bacistan yn swnllyd. 'Mae dy lygad wedi'i chlwyfo'n ddrwg iawn,' ychwanegodd yn dawelach wrth sychu'i fysedd gwaedlyd ar gadach gwyn oedd ar ei lin. Roedd cadach arall wedi troi'n goch-ddu ar y bwrdd pren ar ei ochr dde, ger potel hanner llawn heb gorcyn.

'Ond tydi hi ddim rhy hwyr,' meddai, gan geisio codi'i lais yn obeithiol. 'Mi fydde ysbyty'r Brifysgol yn medru achub dy lygad. Dwi'n siŵr o hynny.'

Tagodd Hani'n galed a blasu'r gwaed hallt ar ei dafod. Roedd ei asennau'n boenus – tair wedi torri, meddai'r meddyg. Roedd hwnnw wedi archwilio'i gorff gyntaf cyn edrych ar ei wyneb, gan ei fod yn ofni'r gwaethaf o weld chwydd maint pêl griced yn cuddio llygad chwith y bachgen ifanc.

'Fedra i ddim fforddio prynu bwyd, heb sôn am dalu am driniaeth.' Suddodd llais Hani nes bod y meddyg yn gorfod pwyso mlaen i glywed y geiriau. 'Fydden nhw ddim yn fy nghroesawu yno beth bynnag,' meddai'r bachgen yn chwerw gan sychu'r dagrau o'i lygad dde gyda'i law. 'Dim ond gweithiwr tramor ydw i. Pan rydan ni'n brifo neu'n sâl, rydan ni'n cael ein taflu ar y cwch cyntaf adref.'

Tagodd eto gan geisio peidio symud ei ben wrth i'r meddyg lanhau'r anaf yn ofalus gyda dŵr cynnes a chadach. Ond roedd dwylo hwnnw'n crynu. Ambell waith roedd ei gadach yn crafu'r anaf yn lle'i lanhau nes bod Hani'n brathu ar ei anadl.

'Dwi fawr gwell na chaethwas,' meddai gan rwbio'r dagrau'n ffyrnig. Roedd arno ofn mynd yn ddall yn fwy na dim byd arall. 'Ydych chi'n siŵr na fedrwch chi fy helpu?' gofynnodd yn obeithiol, yn crynu gan gyfuniad o sioc ac ofn. Gosododd y meddyg y cadach ar y bwrdd pren bychan, a lledodd ei freichiau gan godi'i ysgwyddau ac edrych o amgylch yr ystafell foel.

'Heb arian, fedra i mo dy helpu di, mae'n wir ddrwg gen i,' meddai, gan gydio yn y botel glir wrth ei ochr a llyncu'n farus ohoni. Aroglai Hani yr alcohol yn dew rhyngddynt. 'A fedra i ddim mynd i'r ysbyty chwaith, fwy na fedri di, na dy anfon at neb.' Cynigiodd y botel i Hani, ond symudodd hwnnw'n ôl yn sydyn yn ei sedd fel petai'r meddyg am ei daro. 'Oes gen ti unrhyw arian o gwbl?' gofynnodd y meddyg yn obeithiol wrth weld ei fod bron â gwagio'r botel. Ond gadawodd y frawddeg ar ei hanner wrth i Hani godi ar ei draed, ysgwyd ei ben a gafael yn y cadach a'i ddal yn ysgafn dros ei lygad.

'Diolch am eich cymorth. Mae'n ddrwg gen i na fedra i gynnig dim i chi chwaith. *Inshallah*,' meddai gan droi ar ei sawdl a cherdded allan i'r stryd ar noson y gurfa. Gwyddai Hani mai ei fai ef oedd rhoi esgus i'r heddlu bigo arno am grwydro'r strydoedd wedi iddi nosi, er mai wedi mynd i chwilio am feddyginiaeth i'w ffrind Sohail yr oedd y noson honno. Roedd hwnnw'n ddifrifol wael ers dyddiau, â thwymyn uchel.

Dridiau'n ddiweddarach, parodd yr haul cryf iddo fethu â gweld y gris yn y palmant. Baglodd a disgyn yn galed ar ei ben-glin fel petai am weddïo, neu ymbil am gymorth ar ochr y stryd brysur yn ardal siopa Karama yn ninas Dubai. Llosgodd dagrau ei lygaid. Ond ni chymerodd y siopwyr llwythog, na'r gwŷr busnes ar eu ffonau symudol, na'r teuluoedd swnllyd yn eu sbectolau haul a'u crysau ysgafn amryliw, sylw ohono, heb sôn am gynnig ei helpu. Llifodd y dyrfa heibio iddo fel afon o amgylch craig.

Ar ddiwrnod arferol gweithiai Hani am ddeg awr ar safle adeiladu gwestai a swyddfeydd moethus. Teimlai wres yr haul yn codi trwy wadnau'r sandalau gwaith o blastig du oedd am ei draed. Gwnaed yn glir iddo ar ei ddiwrnod cyntaf nad oedd hawl ganddo wisgo unrhyw beth ond ei ddillad gwaith tra oedd yn y ddinas estron, heblaw pan fyddai yn y gwersyll hunllefus lle roeddent yn cysgu a bwyta. A dyna pam y gwisgai drowsus a siaced las llafurwr cyffredin gyda'r seren goch ar y fraich chwith yn nodi mai gweithiwr tramor ydoedd. Neb o bwys.

Neb o werth yng ngolwg trigolion y ddinas ffug ond llewyrchus hon. Fyddai hi'n ddim syndod iddo ddeall nad oedd y rhan fwyaf ohonynt wedi sylwi arno o gwbl. Hyd yn oed pe bai'n gweiddi nerth esgyrn ei ben, gwyddai o brofiad na fyddai neb ond plismyn neu swyddogion yr heddlu cudd yn trafferthu talu sylw iddo. Cyflymodd ei galon wrth feddwl am y rheiny a thaflodd olwg frysiog o'i amgylch. Doedd dim golwg o neb mewn lifrai yn cario pastwn a'r chwib felltith, felly cododd ar ei draed a dechrau cerdded eto tuag at yr harbwr.

Wrth gerdded, gan ddal i gadw'i olwg ar y stryd, gwelai'r gwaed yn troi'n ddu wrth iddo gael ei sugno i ddefnydd ei drowsus. Teimlai ar goll yn llwyr er ei fod yn adnabod y strydoedd hyn fel cefn ei law bellach. Roedd cannoedd o bobl i'w gweld ymhob cyfeiriad ar y strydoedd prysur, ond eto roedd y teimlad o unigedd bron â'i barlysu. Cawsai fwy o gwmni wrth fugeilio defaid a geifr ei lwyth ar lethrau'r mynyddoedd yn ystod ei blentyndod.

Ceisiodd aros yn y cysgod gymaint ag y gallai rhag pelydrau cryf y bore, er bod ei groen yn dangos ei fod wedi hen arfer â bod yn yr haul. Ond roedd y gwres gwlyb yma'n ei dagu. Magwyd Hani'n uchel yn nhawelwch yr Hindu Kush, mynyddoedd a wisgai eu capiau a'u sgarffiau gwyn llaes trwy gydol y flwyddyn, ar y ffin na thalai neb o'r llwythi lleol sylw iddi, rhwng gogledd orllewin Pacistan ac Affganistan. Roedd wedi gadael bro ei febyd flwyddyn ynghynt, ac nid oedd diwrnod yn mynd heibio nad oedd yn edifarhau gadael ei deulu a'i lwyth, er ei fod yn gwybod am eu tynged nhw bellach. Ar adegau roedd yn eiddigeddus ohonynt. Ond o'r diwedd, roedd bron yn bryd iddo ailymuno gyda nhw.

Cadwai ei ben yn isel ar ei frest oherwydd ei ofn, ond hefyd rhag cael ei ddallu'n llwyr gan adlewyrchiad yr haul oddi ar yr adeiladau anferth o wydr. Roeddent mor niferus nes y teimlai Hani fel pe bai mewn coedwig o adeiladau llachar. Ambell waith, pan fyddai'r pelydrau'n cael eu hadlewyrchu, roedd fel pe bai'r byd yn troi'n fôr o eira o'i flaen. Bob nos, wedi diwrnod o weithio yn yr haul, byddai cur pen yn ei flino nes i gwsg ei drechu.

Ond brifai ei glustiau'n waeth oherwydd twrw anghyfarwydd ceir a lorïau, cerddoriaeth aflafar yn llifo o siopau a gweiddi siarad pobl â'i gilydd, neu i mewn i'r darnau bychan o blastig du ac arian yn eu dwylo. Roedd arogl tarmac, metel, mwg traffig a'r bwydydd oedd ar werth yn y siopau lliwgar yn dal i fod yn ddieithr iddo, ac yn troi ei stumog.

Ar ochr y stryd, yn cysgodi fel yntau, roedd hen ddynes yn ei chwrcwd wedi'i gwisgo o'i chorun i'w sawdl mewn du, er y gallai weld ei hwyneb. Roedd ganddi ddau fag defnydd llwythog, un ymhob llaw, a gorffwysai'r rheiny ar y llawr. Ni chymerai neb sylw ohoni. Ar ei thalcen roedd cadwyn aur. Yn reddfol arhosodd Hani o'i blaen gan wenu, a thrwy estyn ei ddwylo ati cynigiodd gario'r bagiau iddi. Sylwodd ar ei llygaid yn sgubo dros ei wyneb a'i ddillad cyn iddi ysgwyd ei phen gan wenu arno a sibrwd. Swniai fel Arabeg, ond ni ddeallai Hani fawr o'r dafodiaith gras leol.

Edrychodd hi o'i hamgylch yn frysiog cyn dweud, 'Moamara, moamara . . .' a rhywbeth arall, yn daer y tro hwn. Credai ei bod yn ei rybuddio i beidio ag aros. Efallai bod yr heddlu yma? Doedd dim amheuaeth ei bod yn ei rybuddio am rywbeth. Nawr roedd hi'n gwenu, gan amneidio ar Hani i barhau â'i daith. Synnodd iddi wenu gan fod golwg mor flêr arno, yn ei ddillad gwaith, ei wallt wedi'i dorri'n rhy gwta a chleisiau ffres ar ei wyneb – fe'i gorfodwyd i dorri'i wallt rhag magu chwain. Efallai mai ei lygad glas wnaeth iddi wenu. Camodd yn ei flaen i ganol prysurdeb y ddinas.

Poenai Hani fod y dorf yn gwybod beth roedd ar fin ei wneud, ac roedd yr euogrwydd yn bygwth ei dagu wrth iddo frasgamu yn ei flaen i ben ei siwrne. Gwrthododd y demtasiwn i edrych dros ei ysgwydd er mwyn gweld beth bynnag roedd yr hen wraig yn poeni yn ei gylch. Teimlai fel deilen yn cael ei thaflu yma ac acw gan gerrynt afon ei febyd. Onid oedd y *Qur'an* yn dweud bod bywyd yn sanctaidd? Roedd Hani wedi credu hynny erioed, ond yn ddiweddar cafodd ei ddysgu bod yn rhaid difa bywyd hefyd. Sut y gallai'r llyfr sanctaidd, gwersi Allah a roddwyd i Fohammed, wrth-ddweud ei hun fel hyn? Cafodd ei ddysgu gan ei rieni a'i nain i dderbyn popeth oedd ynddo, ond nawr roedd amheuon mawr yn ei flino.

Roedd yn chwysu'n drwm oherwydd y gwres a'i ofnau, ond roedd y wasgod dan ei siaced yn rhy fach iddo ac wedi'i chau'n dynn gyda chareiau lledr o'i fotwm bol i waelod ei wddf. Er ei bod wedi'i gwneud o ddefnydd ysgafn roedd ei chynnwys yn drwm.

Stwffiodd ei bwrs lledr, oedd yn cynnwys y papurau gwerthfawr, dan y wasgod. Gobeithiai nad oedd wedi difetha'r llythyrau trwy wneud hynny.

Nid oedd wedi medru llenwi'i stumog ers amser maith er ei fod yn gorfod gweithio'n galed bob dydd, heb amser i weddïo hyd yn oed. Roedd yn wan. Teimlai'r wasgod yn trymhau gyda phob cam a gymerai. Glynai wrth ei groen, oedd yn slic o chwys, ac roedd hi'n mynd yn fwyfwy anodd anadlu yn awyr drymaidd y ddinas o wydr yn yr anialwch. Llifai chwys dros ei amrannau a thrwy flew meddal, tywyll ei wefus uchaf.

Arhosodd wrth ochr stryd i'r goleuadau traffig droi'n wyrdd. Wrth ei ochr roedd bachgen bach yn yfed potel o *Coke*; roedd hysbysebion am y ddiod ymhobman yn y ddinas. Sylwodd ar y diferion dŵr wedi anweddu yn llithro oddi ar y botel cyn diflannu wrth daro'r tarmac chwilboeth. Atgoffai ef o wylio'r eira'n toddi oddi ar ddail wrth iddo guddio rhag ei nain pan oedd yn blentyn, a hithau eisiau iddo nôl dŵr o'r afon iddi amser cinio. Daliai ei gydwybod i'w bigo oherwydd hunanoldeb ei blentyndod. Dyheai am gael llyfu'r botel a gadael i ddim ond un o'r diferion oeri'i geg.

Trodd y bachgen ei ben i edrych arno a gwenodd Hani ar y bychan; atgoffai ef o un o'i frodyr. Teimlodd boen fel cyllell trwy'i stumog. Gwelodd y fam, a wisgai ffrog hir euraidd, ei fod yn edrych a thynnodd y bachgen yn agosach ati gan siarad yn gyflym bryderus wrth ei gŵr. Cododd hwnnw'i wyneb o'i bapur newydd. Tarodd olwg sydyn ar

17

Hani cyn codi trwyn a thagu'n gras yng nghefn ei wddf. Nid oedd y dyn hwn yn credu ei fod yn werth gair, nac yn fygythiad i'w fab. Sychodd Hani ei dalcen chwyslyd gyda'i lawes, gan ofalu peidio â chyffwrdd y cleisiau o amgylch ei lygad chwith. Gweddïodd yn sydyn nad oedd y bachgen yn mynd i gyfeiriad yr harbwr hefyd, a theimlodd ryddhad o'i weld yn cael ei lusgo gan ei fam i siop ddillad orlawn cyn cael ei lyncu gan y dorf.

Beth oedd yr holl bobl yma'n ei wneud? Pam nad oedd neb yn gweithio neu'n hel bwyd neu'n helpu eraill? Ni wyddai'r ateb i'r cwestiynau oedd wedi'i flino ers iddo gyrraedd Dubai. Roedd wedi glanio ganol nos ar ôl taith anghyfforddus ac anghyfreithlon mewn hen gwch pysgota pren ar draws Môr Arabia o borthladd Gwadar ym Mhacistan. Talodd yn ddrud am y siwrne gan gyfnewid un uffern am un arall. Yma roedd pobl yn gorwedd ar y tywod am oriau ar lan y môr tra byddai ef a'i gydweithwyr yn cario cerrig a choncrid i godi adeiladau. Synnodd ar rai eraill yn gwisgo dillad trwchus wrth sgïo trwy eira ffug mewn adeilad siâp torth anferth ynghanol popty'r anialwch. Bob dydd gwelai bobl yn taflu brechdanau a ffrwythau wedi hanner eu bwyta i finiau metel ar y stryd, lle caent eu gadael i ddrewi am ddyddiau. Am gyfnod bu'n rhaid iddo wagio'r rhain i fagiau plastig cyn iddynt gael eu claddu. Nawr byddai'n cymryd y gwastraff i'w fwydo ef a'i ffrindiau. Byddai'r arogl yn llosgi'i ffroenau ac yn glynu wrth ei ddillad am ddyddiau. Teimlai fod y byd wyneb i waered yma, a dim ond ei ffydd oedd wedi'i gadw rhag anobeithio'n llwyr. Nid oedd yn eu deall, a doedden nhw byth yn talu sylw iddo ef na'i gydweithwyr – pob un ohonynt wedi'u denu yma o'r gwledydd Arabaidd a thu hwnt gydag addewidion gwag am gyflogau uchel.

Credai fod ganddo waith chwarter awr arall o gerdded cyn cyrraedd yr harbwr. Cymerodd gip ar enw'r stryd rhag ofn ei fod wedi troi tuag at swyddfa'r heddlu oedd drws nesaf i lysgenhadaeth America a'r ganolfan fasnach. Byddai'r heddlu'n dew yno ac, o'i weld, byddent yn ei atal a'i holi, felly roedd yn saffach anelu tuag at ardal y dociau. Roedd un o longau rhyfel America wedi docio yn y porthladd y bore hwnnw; byddai'r morwyr a'r milwyr fel morgrug yn yr ardal. Y pregethwr ddywedodd hynny wrtho. Er gwaetha'r amheuon fyddai'n ei gadw'n effro, credai bob gair a ddywedai hwnnw ers misoedd.

Ar draws y stryd, ond tua ugain llath y tu ôl iddo, roedd y pregethwr yn ei ddilyn yn ofalus. Roedd yntau'n cadw i'r cysgodion, ond am resymau gwahanol iawn. Ni fuasai Hani wedi'i adnabod gan ei fod yn gwisgo siwt ysgafn lwyd, crys gwyn a thei streipiog goch a du, a chariai fag lledr ysgafn. Het haul lydan oedd am ei ben, nid y cap crefyddol crwn o frodwaith gwyn a wisgai fel arfer. Pan welodd Hani'n baglu, neidiodd yn syth i gysgod drws siop gan ddal ei wynt cyn ei felltithio'n ddistaw. Sychodd ei wddf ar amrantiad. Llyncodd ei boer yn drafferthus cyn tynnu anadl ddofn i dawelu'i nerfau. Waeth pa mor aml y gwnâi gyrch o'r fath, roedd ar bigau'r drain bob tro. Gallai popeth fod wedi mynd i'r gwellt yr eiliad yna. Ond, diolch byth, roedd Hani wedi ailddechrau cerdded eto. Pam goblyn yr arhosodd i gynnig helpu'r hen wraig? Roedd pethau pwysicach o lawer ganddo i'w gwneud y bore 'ma. Gwelodd ef yn syllu ar fachgen bach cyn i'r fam ei dynnu ati a dweud rhywbeth wrth ei gŵr. Beth yn y byd roedd Hani'n ceisio'i wneud? Roedd wedi'i rybuddio i beidio â thynnu sylw neb.

Llithrodd ei law i'w boced unwaith eto a theimlo'r ddyfais fechan a edrychai fel ffôn symudol. Roedd wedi gweld amheuaeth yn llygaid y bugail ifanc droeon, a'i glywed yn ei weddïau. Cysurodd ei hun â'r ffaith nad oedd troi 'nôl iddo bellach, hyd yn oed os oedd Hani'n newid ei feddwl ar y funud olaf.

*   *   *

Llechai tafarn yr Old Glory ar gornel stryd oedd ond dafliad carreg o'r afon fawr a roddodd ei enw iddi. Cedwid oriau agor hyblyg yno, felly doedd y ffyddloniaid byth yn siŵr a oedden nhw yno'n gynnar neu wedi colli noson arall. Gwyddai'r rhain enwau'r cwsmeriaid eraill i gyd, chwedl cân y gyfres deledu am dafarn yn Boston, ond nid oedd yr un ohonynt yn adnabod y llall. Doedd neb, hyd yn oed y perchennog, yn cofio'r tro diwethaf i wyneb newydd groesi'r rhiniog, oni bai am Wyddel o awdur adeg helynt Monica Lewinsky. Roedd hwnnw ar ei ffordd i chwilio am ei deulu yng Nghanada ac wedi prynu cwrw. Ond ar ôl gofyn sut i gyrraedd yr afon, fe adawodd heb gyffwrdd ei wydryn.

Byddai yfwyr cyffredin Minneapolis – St Paul yn mynychu tafarndai glanach a goleuach y ddinas, a byddai'n anodd i ymwelwyr ddyfalu fod unrhyw beth o ddiddordeb y tu ôl i'r drws, gan fod yr arwydd tu allan wedi'i sgubo ymaith mewn storm bum gaeaf ynghynt. Felly roedd yn achos cyffro pan sylwodd y perchennog yn gynnar un bore ar wyneb dieithr o'i flaen. Gwelai ddau o'r cwsmeriaid ar ochr bellaf y bar yn llusgo'u llygaid oddi ar raglen newyddion gorsaf Fox am eiliad fer gan ddweud rhywbeth wrth ei gilydd, cyn ildio 'nôl i swyn y bocs du. Gwyddai'r perchennog at beth roeddent yn cyfeirio. Fu'r un dyn a edrychai fel Arab yn y dafarn o'r blaen, er na wyddai pam. Ond gwisgai hwn lifrai'r llu awyr, felly ymlaciodd y tafarnwr. Gwelodd y papur ugain doler ar y bar. Dechrau da i ddiwrnod newydd, meddyliodd. Roedd y gŵr ifanc yn pwyntio am gwrw a wisgi mawr.

Gwnaeth y perchennog sioe fawr o rwbio'r gwydryn yn galed gyda lliain budr cyn tywallt y cwrw'n ofalus, a gosod creision *pretzels* y bu'n eu bwyta i frecwast mewn powlen wydr fyddai'n arfer casglu llwch sigaréts. Roedd newydd ei wagio, a rhwbiodd y lliain yn galed dros honno hefyd. Gwelodd un o'r cwsmeriaid yn pwyntio at y *pretzels*, a chododd ei law arno i'w ddistewi. Nid oedd yn arfer cynnig dim byd gyda'r ddiod, ond efallai bod gobaith am arian go lew yma. Bu farw un o'r ffyddloniaid yr wythnos cynt mewn damwain car, ac roedd y perchennog eisioes yn gweld colli'r cwsmer. Beth bynnag, roedd y creision yn hen ac, wedi iddo sylwi ar lygaid coch y dyn ifanc, gwyddai mai yfwr mawr arall oedd hwn. Gwisgai siaced ledr drom, ddrud yr olwg, o'r math a wisgid gan beilotiaid y llu awyr, gyda nifer o fathodynnau arni. Gorchuddiwyd ei gap hefyd gyda bathodynnau'r awyrlu ac roedd hwnnw wedi'i wthio 'nôl ar ei dalcen gan ddangos gwallt wedi'i gneifio'n agos i'r corun. Roedd angen smwddio'i lifrai.

'Dyma dy ddiod; croeso i'r Old Glory, gyfaill. Herb Coleman ydw i,' meddai gan gynnig ei law.

Edrychodd y dyn ifanc arno am eiliad hir cyn estyn ei law. 'Mohammed,' meddai, 'ond mae pawb yn fy ngalw'n Jon.'

Chwerthin ar unwaith wnaeth Herb, gan blannu'i ddwylo ar ei gluniau. 'Hei, mae honna'n jôc dda! Mohammed, wir, pwy fysa'n cyfaddef mai dyna'u henw y dyddiau hyn!' Cyfeiriodd at y teledu a ddangosai stori o Irac gyda hofrennydd ar dân a milwyr yn rhedeg am loches tu ôl i adeiladau gwyn unllawr. 'Neb!' gwaeddodd, gan ddal ati i chwerthin ar ei jôc ei hun a gwenu ar Jon fel petai'n ffrind gorau iddo.

Nid edrychodd Jon i gyfeiriad y teledu, gan ganolbwyntio'n hytrach ar godi'r gwydryn bychan a llyncu'r wisgi ar ei dalcen. Yna gafaelodd yn ei gwrw a cherdded fel morwr ar long at fwrdd ger y drws gyda'i gefn at y teledu. Gadawodd y bowlen greision ar y bar, ond nid oedd Herb yn malio gan fod y cwsmer diweddaraf hwn wedi gadael ei newid hefyd.

Ond wedi anghofio'r arian yr oedd Jon, a phan drodd 'nôl at y bar i'w gasglu gwelodd gyfeillgarwch ffals Herb yn diflannu fel niwl ben bore a'r doleri'n cael eu llyncu gan y til. Penderfynodd nad oedd yr arian yn werth y drafferth.

Eisteddodd Jon cyn hanner codi'n sydyn. Defnyddiodd ei law chwith i symud ei lawddryll gan ei stwffio i gefn ei felt, dan ei got. Syllodd ar y gwydryn gan feddwl sawl gwaith yr oedd wedi clywed y jôc yna am ei enw. Ond nid oedd yn gwenu. Diolch i'w dad, dyna oedd ei enw, er mai Jon roedd yn ei ddefnyddio ers blynyddoedd bellach. Gwelai nad oedd Herb bellach yn talu unrhyw sylw iddo, na'r un o'r cwsmeriaid eraill chwaith. Ddeng munud yn ddiweddarach roedd yn cerdded allan drwy'r drws, ac ni thrafferthodd neb edrych arno.

Ar y stryd roedd pob sŵn a lliw'n ymddangos fel pe bai Jon yn edrych a gwrando arnynt o dan ddŵr. Hap a damwain llwyr oedd iddo daro ar y dafarn, gan ei fod yn anelu am yr afon. Darllenodd rywfaint amdani, ond nid oedd erioed wedi gweld y Mississippi. Ni wyddai sut y bu iddo gyrraedd y ddinas, ond cofiai fod ar awyren i Seattle. Roedd wedi deffro'n sydyn a sylweddoli bod yr awyren wedi glanio ac, yn ei feddwdod, fe ddaeth allan ohoni cyn iddi wawrio arno nad oedd wedi cyrraedd pen ei daith. Ddeuddydd yn ddiweddarach, ac roedd yn dal ar goll. Dinas od oedd ei lety dros dro; er bod y lle'n llawn bwrlwm yn ystod oriau gweithio a siopa, gwagiai o fewn awr gyda'r nos fel pe bai'r trigolion wedi'u rhybuddio bod corwynt ar fin taro.

Nid oedd neb i weld yn byw yno wedi i'r haul fachlud.

Roedd wedi cymryd y llawddryll o ddwylo jynci a geisiodd ei ddefnyddio i ladrata oddi arno mewn bar. Gadawodd hwnnw mewn pwll o waed ar lawr, ond gyda hanner can doler wedi'u stwffio i boced uchaf ei grys yn dâl am y gwn. Roedd yn barod i'w amddiffyn ei hun, ond nid oedd erioed wedi dwyn. Na, doedd hynny ddim yn wir; roedd yn euog o fod wedi dwyn pethau llawer gwaeth na dryll, a dyna pam nad oedd yn gallu cysgu bellach.

Dilynodd ei drwyn am yr afon gan geisio gwrando am ei sŵn, ond clochdar cras seiren yr heddlu oedd yr unig beth a glywodd. Dyna pryd y torrodd llais ar ei draws, ac wrth i Jon droi'i ben i wrando, sylweddolodd fod y car heddlu reit wrth ei ochr. Nid oedd wedi clywed yr injan. Pwysodd heddwas trwy'r ffenestr agored.

'Lle ti'n mynd yr adeg yma o'r bore?' Oedodd gan edrych yn ofalus ar Jon. 'Ti ddim yn edrych yn iach iawn.' Craffodd heb symud o glydwch ei sedd. 'Hei, ti 'di meddwi?' cyhuddodd ef, gan orffwys ei law dde ar y gwn yn ei wregys. Ceisiodd Jon sefyll yn llonydd o'i flaen ond methodd, a chofiodd am y dryll. Os bydden nhw'n dod o hyd i hwnnw byddai mewn trwbl. Ond nid oedd yn poeni; roedd hi'n braf cael rhyw fath o gyswllt gyda pherson arall.

'Gad lonydd iddo,' torrodd y gyrrwr ar draws ei bartner. 'Ti eisiau mynd trwy holl drafferth y gwaith papur yna am beilot arall wedi meddwi? Chdi,' pwyntiodd at Jon, 'well iti fynd adre rŵan, iawn?

Neu mi fyddi di yn y gell ac o flaen y barnwr cyn cinio. A dwi'n addo y byddi di dan glo am fis o leiaf. Hegla hi!'

Pwysodd y gyrrwr nôl yn ei sedd. ''Dan ni'n mynd am goffi a chrempog mêl yn Joe's yn lle gwastraffu'n hamser. Dim ond peilot meddw arall isio sylw,' meddai'n wawdlyd gan edrych dros ei ysgwydd cyn gwasgu'r sbardun nes bod y teiars yn sgrechian fel mewn ffilm.

Gadawyd Jon ar ochr y stryd yn crynu yn oerfel y bore, a thynnodd ei got yn dynnach amdano. Byseddodd y bathodyn siâp baner ar ei fraich chwith. Roedd wedi ymladd dros ei wlad gan beryglu'i fywyd fwy nag unwaith ond, wedi dychwelyd adref, nid oedd neb eisiau siarad am ei brofiadau, na gwybod dim amdano – heb sôn am ei helpu. Dilynodd ei drwyn i lawr stryd hir gan glywed curo tonnau yn y pellter. Ysgubwyd can *Coke* yn swnllyd ar hyd y stryd nes iddo ddisgyn i dwll a distewi'i gân.

Yn yr amser prin a dreuliodd Jon yma, sylwodd mai dinas fodern gyffredin oedd hon, lle nad oedd neb yn byw yn y canol. Gwell gan bawb deithio 'nôl a mlaen i'w cartrefi bob bore a phnawn. Daeth dau ddyn ifanc i'w gwrdd yn sydyn o ddrws adeilad, yn gwisgo'r union un siwtiau tywyll a chotiau hir o wlân, gan edrych fel efeilliaid. Roedd ffôn symudol yn llaw'r ddau.

'Esgusodwch fi,' meddai'n gwrtais, er bod ei dafod yn dew, 'allwch chi fy nghyfeirio tuag at yr afon, os . . .' Ni thrafferthodd gwblhau'r frawddeg gan fod y ddau wedi ymsythu wrth ei weld, cyn cyflymu'u camau pan glywsant ei lais a dal ati i edrych yn syth trwyddo fel pe na bai'n bod. Teimlai fel ysbryd a fu farw'r bore hwnnw flwyddyn yn gynharach, uwchben yr afon lwyd a gordeddai drwy'r cewri o fynyddoedd gyda'u capiau gwyn.

Trodd gornel a gweld yr Old Glory go iawn am y tro cyntaf, mor llydan nes bod yr ochr arall bron o'r golwg, gyda thynfad yn gwthio pymtheg o longau cargo llwythog drwy donnau'r bore bach. Roedd fferi newydd ddocio, gan chwydu'i chargo o ddwsinau o bobl mewn siwtiau tywyll yn cario bagiau lledr a chwpanau o goffi. Ysgubai saith aderyn llwyd yn isel dros yr afon a'i niwl tenau, oedd fel mwg yn hofran uwchben y dŵr. Iddo ef, edrychent fel awyrennau rhyfel yn hedfan mewn trefniant blaen gwaywffon.

Wrth nesáu ati, roedd y Mississippi'n ei atgoffa am yr afon arall. Heb rybudd, roedd ar drugaredd ei hunllef eto. Eisteddai yng nghaban ei awyren gan ddilyn y llwybr trwy'r dyffryn nes cyrraedd y dref a gwasgu'r botwm crwn du â'i fawd i ollwng y cargo marwol. Er ei fod yn sefyll ar lan afon fwyaf America, ei hunllef a welai eto. Yn sgrin y camera oedd ym mol yr awyren F15, nid criw o derfysgwyr arfog yn rhedeg am eu rocedi yn y pentref a welai, ond gwragedd yn cario babanod. Plant yn rhedeg ar ôl eu hanifeiliaid oedd wedi dychryn gan sgrech yr awyrennau. Yn y caeau roedd ffermwyr yn gollwng rhawiau a phladuriau cyn rhedeg yn ofer i geisio achub eu teuluoedd.

Diflannodd y cwbl mewn fflam fawr oren a choch a du, fel llenni cawr yn cael eu hysgwyd yn orffwyll, ac roeddent fel petaent yn erlid yr awyren wrth iddi ddringo'n gyflym. Ond yr hunllef oedd yn ei erlid, a byddai'n ei erlid am byth. Byseddodd y dryll dan ci got cyn dringo'r wal ger yr afon.

Blwyddyn yn gynharach . . .

Cysgod yr Eira

Cyrhaeddodd stormydd y gaeaf yn gynnar, a heb rybudd. Casglodd torf o gymylau beichiog y tu ôl i gopaon rhewllyd yr Hindu Kush, cyn cropian ymlaen a llifo i ddyffryn Kumat, gan beintio'r llethrau isaf ag eira tryloyw. Disgleiriai hwn ym mhelydrau'r wawr fel sêr liw nos, cyn diflannu fel mwg erbyn i danau coginio'r bore ddechrau tagu a chlecian fel cymalau hen ŵr. Ond roedd ystyfnigrwydd esgyrn gwasgaredig yr eira ar y llethrau uwch yn rhybudd fod cnwd trymach i ddilyn, cnwd fyddai'n claddu'r llwybrau gan barlysu'r dyffryn am fisoedd.

Gorweddai Hani ar ei ochr. Roedd ei ddau frawd wedi'u gwasgu i'r un gwely, a nhw gâi fwynhau'r clydwch oedd i'w gael yr ochr agosaf i'r tân; daliai hwnnw i fudlosgi, diolch i'r sylw gofalus a gawsai gan eu mam gydol y nos. Wal bridd a phren eu cartref oedd yr ochr arall i'r gwely, ac yn erbyn hon y cysgai Hani. Fel digwyddai'n aml, deffrodd â'i foch wedi'i glynu wrth y wal. Rhwbiodd ei wyneb yn galed i geisio glanhau'r pridd sych, ond heb lwyddiant. Ceisiai gysgodi'i frodyr orau gallai rhag gwynt main y nos, a daliai i gofio'r boen pan fu farw un o'i chwiorydd cyn iddi gael cyfle i fwynhau ail haf. Cysgai'r teulu ar fatiau o grwyn gwartheg gyda gwellt wedi'i wasgaru drostynt, ac unwaith yr wythnos byddent yn cael gwellt glân o'r stordy. Gwthiai Hani hwn dan ei frodyr wrth iddynt gysgu.

Er mai ond newydd ddechrau rhydu'r dail oedd yr hydref, roedd yr adar a nythai yn y coed ar yr ochr orllewinol, gysgodol, eisoes wedi mudo. Roedd bron yn amser i Hani eu dilyn, gan ffarwelio â'i dref enedigol. Ni allai ohirio gadael ei gartref eto. Os na fyddai'n mynd, byddai'n rhaid treulio gaeaf arall yn y dref, ac nid oedd digon o fwyd nac anifeiliaid gan ei deulu i'w cynnal i gyd heb lwgu. Ei fwriad oedd teithio i ddinas Chitral cyn dychwelyd o fewn blwyddyn i helpu gyda'r cynaeafu. Clywodd yn y *medressa*, ysgol grefyddol geidwadol sect y Deobandi yn y dref, fod digon o waith i'w gael yn y ddinas. Dylai fod wedi gadael yn y gwanwyn gyda'i ffrindiau, fel y cynlluniodd yn wreiddiol; y rheswm dros aros cyhyd oedd gwaeledd ei nain, ac roedd yn gyndyn iawn o'i gadael er na allai wneud dim byd i'w hachub. Ond roedd y wên ar ei hwyneb pan welai hi ef wedi bod yn werth pob munud o aros yn y dref dros yr haf.

Clywodd ieir yn crafu'r ddaear garegog yr ochr arall i'r pared, a drysau tai'n agor wrth i ddynion fynd i gasglu neu dorri coed, gan gyfarch ei gilydd yn gysglyd. Crawciai radio o gartref arweinydd y llwyth, hen ŵr a reolai ardal eang hyd at y ffin ag Affganistan – a throsti mewn ambell le hefyd.

Cododd Hani ar ei draed gan osod y flanced denau yn dyner dros ei frodyr. Haji oedd yr ieuengaf o'r ddau, ac roedd newydd ddathlu'i ben-blwydd yn saith. Cysgai'n ddibryder, gyda'i freichiau wedi'u taflu'n flêr bob ochr i'w ben, dros ei obennydd o groen gafr; fel arfer, roedd wedi stwffio'i ddillad o dan y gobennydd. Roedd angen torri'i wallt cyrliog du. Yn ei law roedd ei bêl griced, wedi treulio'n wyn mewn ambell le ar ôl misoedd o chwarae a glanhau gofalus. Cysgai gyda hi bob nos. Wrth ei ochr roedd Irfan, ei frawd, oedd yn naw.

Penderfynodd Hani y byddai'n ymolchi ar ôl brecwast, ac felly wnaeth o ddim dadwisgo'r crys nos gwlân llewys hir. Gwisgodd grys a throwsus gwyn o wlân trwm, ond llac, drosto. Tarodd y cap crwn roedd ei nain wedi'i wau iddo ar ei gorun, cyn gwthio'i draed i'w sandalau lledr a chamu'n ysgafn at y drws. Gwnaeth hyn i gyd yn y golau gwan a dreiddiai i'r tŷ trwy gil y drws a'r craciau yn y ffenestri pren. Nid oedd trydan yn eu tref ynysig.

Clywodd anadlu ysgafn o'r crud o wiail, a methodd ag ymwrthod rhag cymryd cip ar ei frawd bach newydd. Dim ond saith wythnos oedd Ishmail, ond roedd eisoes gymaint â phlentyn dwywaith ei oed. Roedd ei awch at fwyd yn gwneud i bawb wenu, ac yn rhoi hyder iddynt y byddai'n goroesi'r gaeaf. Cododd ei fam, Ayub, ar ei phenelin yn ei gwely drws nesaf i'r crud.

'Ewch 'nôl i gysgu, Mam,' sibrydodd wrthi. ''Dach chi angen gorffwys. Rydach chi'n gweithio'n rhy galed. Plîs gadewch i fi eich helpu o gwmpas y lle 'ma.'

Roedd ei fam ar fin ateb pan gododd Hani ei law a rhoi'i fys ar ei wefusau. 'Mi af i i weld Nain ac mi ddo' i adra ar ôl iddi gael brecwast. Rŵan, cysgwch am bum munud bach arall. Plîs.'

Gwenodd hithau ar ei mab hynaf cyn gorwedd eto wrth ochr ei dwy ferch.

Cododd Hani'r glicied, ac wedi hen arfer, agorodd y drws, a'i gau'n ôl, cyn ddistawed â phosibl. Cysgododd ei lygaid rhag yr haul oedd yn disgleirio oddi ar yr eira a addurnai'r cewri i'r gogledd. Roedd yn fore clir gyda'r oerni'n syrthio dros ei ysgwyddau fel carthen wlyb wrth iddo fwynhau'r olygfa. Ofnai'n dawel bach na welai hyn eto am amser maith. O'i flaen teyrnasai Mirich Tir, un o fynyddoedd uchaf yr ardal.

Rhan o'r North Western Province oedd yr ardal, chwedl yr hen fap o'r ymerodraeth a argraffwyd yn Llundain cyn geni ei daid. Cartref y map oedd un o waliau'r *medressa,* a drws nesaf iddo roedd darlun anferth o gyn-arweinydd Pacistan, y Cadfridog Zia-Ul-Haq. Roedd y map a'r darlun wedi pylu a chrino fel dail yr hydref. Crebachodd yr ymerodraeth a bu farw'r unben. Yn ei gap pig du gyda'i frodwaith euraidd, a'r mwstás tenau 'na fel neidr gantroed, edrychai Haq yn debycach i glown nag i filwr crefyddol eithafol. Ond anghofiodd Hani fyth mo'r gurfa a gawsai gan y pregethwr am feiddio chwerthin am ben y darlun o'r milwr oedd wedi ariannu miloedd o'r *medressa* trwy Bacistan, gan gynnwys yr un yn eu tref nhw.

Wrth syllu ar y mynydd cofiai am ei blentyndod, pan fyddai'i fam yn ei fygwth – os na fasai'n bihafio – y byddai Jinn, diafol oedd yn byw ar y mynydd, yn hedfan draw i'w nôl. Er iddo fod yn ufudd, a gwneud popeth a ddywedwyd wrtho, teimlai heddiw fod y diafol ar fin ei gipio o'i gartref. Roedd popeth yn newid mor gyflym. O fewn taith gerdded tridiau i'r gorllewin, roedd llwybr rhwng dau fynydd a arweiniai i'r hyn a elwid yn Affganistan – er nad oedd y ffin yn bodoli i'r Pashtun. Ond rhwng y bandits brodorol a'r cyrchoedd bomio gan awyrennau America a Phrydain, roedd yn rhy beryglus i neb fentro troedio'r llwybr hwnnw bellach, er mor hanfodol oedd y masnachu ar ei hyd.

Bu farw ei dad chwe mis ynghynt, wedi cyfnod byr o salwch creulon a ledodd fel tân gwyllt trwy ei gorff, nes bod y bugail cydnerth yn gorfod cael cymorth gan ei fab i fynd i'r toilet, hyd yn oed. Pan fu farw, roedd Hani'n falch yn ddistaw bach, gan na fyddai'n rhaid i'w dad orfod dioddef rhagor. Roedd cymaint o bobl yn wael yn y dref a wyddai neb yn sicr beth oedd yn eu lladd. Ond roedd y meddyg a ymwelodd unwaith wedi amau mai cancr oedd yn gyfrifol, wedi'i achosi gan ymbelydredd. Pan ddaeth yr arbenigwr hwnnw o dramor i'w tref i gymryd samplau gwaed gan y trigolion, gwisgai gap gwlân glas golau a bathodyn gwyn arno.

Fel y gwnaeth bob bore ers ei blentyndod, cerddodd Hani drwy'r strydoedd llychlyd tuag at gartref ei nain, Namja. Roedd y tŷ ar gyrion y dref ger tro yn yr afon, yng nghysgod dwy goeden wedi'u crymu gan y gwynt cryf a godai'n ddyddiol amser cinio i sgubo'r dyffryn nes iddi nosi. Dim ond ar yr ochr orllewinol y tyfai'r dail, ac roedd ei nain wedi dyfrhau'r gwreiddiau'n ofalus bob diwrnod am chwe deg o flynyddoedd tan eleni. Hani a ofalai am y ddefod foreol yn awr.

Roedd y dref yn gartref i ffermwyr, porthmyn, bugeiliaid a masnachwyr, oedd wrthi'n deffro'n araf. Prysurodd Hani gan fod yn rhaid iddo gyrraedd tŷ ei nain yn brydlon rhag ofn i gymydog weld y guddfan.

Boddwyd crawcian yr adar duon oedd yn sefyll ar waliau gerddi'r tai gan daranau nerthol yn atseinio drwy'r dyffryn. Digwyddai hyn bron yn ddyddiol bellach, ond gwyddai Hani na welai fellt gan fod yr awyr yn glir. Yn hytrach, gwelai'r llwybrau gwyn gris-groes i'w gilydd fel pe bai arlunydd gwallgo wedi defnyddio'r nen yn gynfas. Ambell waith gwelai rywbeth yn sglcinio a gwibio uwchben, fel pysgodyn yn yr afon mewn dyffryn cyfagos ganol haf. Ond awyrennau rhyfel yr Americanwyr oedd y rhain. Rhaid bod un wedi dod yn isel iddo'i chlywed. Roedd gweld y llwybrau gwyn yn y bore wedi dod yn olygfa gyffredin bellach, ond daliai i godi ofn ar bawb, yn enwedig o glywed am hanes bomio pentrefi a threfi eu cymdogion.

Gaeafau caled oedd tynged y dyffryn, ond roedd yn mwynhau heulwen bron o doriad gwawr tan ganol y pnawn. Dyna pam y bu'r llwyth yn byw yma ers canrifoedd, mewn pentref a dyfodd i fod yn dref lewyrchus o'r enw Tal. Sicrhaodd ei safle ar lwybrau prysur ddigon o fusnes, a byddai masnachwyr yn cwrdd ac yn aros yma'n aml. Roeddent yn ddiogel yma rhag milwyr unben y wlad, na fyddent yn meiddio dod mor ddwfn i ardal llwythau'r Pashtun, heblaw mewn hofrenyddion.

Aeth heibio i stondin gwerthwr bwyd o'r enw Ridiq: bwrdd llydan o bren wedi'i dreulio nes ei fod yn esmwyth fel cwrlid, gyda dwy stôl yn cynnal pob pen iddo. Gorffwysai ffon gerdded yr hen ŵr yn erbyn y bwrdd. Roedd dysgl fawr ddu'n cynhesu dros y tân, a rhesi o wyau wrth ei hochr yn barod i gael eu ffrio a'u lapio yn y bara sych y byddai'n ei grasu yn ôl y galw. Roedd y bowlen arferol o halen, madarch a tsili coch a gwyrdd wedi'u torri'n denau yn barod i ddenu'r cwsmeriaid ben bore.

Gwenodd Ridiq arno. 'Bore da, Hani, fedra i dy demtio efo brecwast?' gofynnodd yn siriol. 'Brecwast gorau'r dref, wedi'i goginio mewn munudau o flaen dy lygaid,' ychwanegodd gan ledu'i freichiau'n groesawgar. Roedd ei farf drwchus ddu yn amgylchynu llond ceg o ddannedd aur a brynodd pan fu'n gweithio yn Delhi cyn iddo briodi.

'Dim diolch ichi, bydd Mam wedi gwneud brecwast,' atebodd Hani gan wenu.

'Dwi'n dallt hynny, ond mae dyn ifanc fel chdi angen cymaint o fwyd â phosibl,' meddai Ridiq gan estyn ei law o'i flaen a rowlio wy rhwng ei fys a'i fawd. 'Mae hwn mor ffres, tydi'r iâr ddim wedi sylweddoli'i fod o wedi mynd eto. Teimla, mae'n dal yn gynnes!' meddai gan chwerthin.

'Na wir i chi, mi fysa Mam yn fy lladd i!' meddai Hani gan wrthod y temtasiwn cryf i brynu wy, a pharhau i gerdded. Amser oedd y rheswm nad ildiodd a phrynu brecwast cynnar. Dim ond taith deng munud oedd ganddo, ond roedd yn bwysig ei fod yn cyrraedd mor gynnar â phosibl.

Gyferbyn â stondin Ridiq roedd dwy siop de fechan drws nesaf i'w gilydd; yn y fwyaf o'r ddwy siop roedd criw o weithwyr fferm yn yfed te llaethog, melys o gwpanau bychan gwyn. Byddai'r siop hon yn brysur bob amser, tra mai dim ond ambell hen gwsmer ffyddlon a fentrai i'r llall. Yr unig rinwedd oedd gan y siop fwyaf dros ei chymydog oedd set deledu bren yn cael ei rhedeg gan beiriant petrol bychan a gâi ei danio bob bore a gyda'r nos er mwyn chwarae hen dâpiau o gêmau criced arni.

Clywodd Hani garnau ceffylau'n taranu tuag ato, a safodd yng nghysgod drws siop teiliwr wrth i hanner dwsin o farchogion arfog garlamu drwy'r dref. Roedd eu gwersyll yn yr ogofâu ar ochr y dyffryn. Chwyrlïai eu dillad llac y tu ôl iddynt, ac roedd pob un wedi cuddio'i wyneb â sgarff ddu a gwyn. Rhain oedd y *mujahideen*, dynion a fu'n ymladd yn erbyn y Rwsiaid; eu gelyn bellach oedd milwyr America a Phrydain yn Affganistan. Gwyddai Hani pwy oedd yr arweinydd gan ei fod yn gwisgo gwregys llydan o ddefnydd coch, gyda chleddyf mewn gwain lledr. Edrychai'n henffasiwn, ac fe fyddai gwisg o'r fath yn destun chwerthin ar bron unrhyw un arall. Ond nid ar Azis Khan, un o arweinwyr ffyrnicaf y *mujahideen*. Cuddiodd Hani ei wyneb yntau â'i law, a chau ei lygaid i geisio'u gwarchod rhag y llwch a'i hamgylchynai fel blancedi trwchus. Pan beidiodd eco carnau'r ceffylau rhwng waliau'r tai, mentrodd agor ei lygaid a gwelodd y llwch yn blino a syrthio 'nôl i'r ddaear yn haenen denau a orchuddiai'r cerrig.

Gorffwysai'r fwced rhwng dwy goeden oedd ddwywaith cyn daled â Hani, ac wedi crymu'n fwa perffaith. Gerllaw roedd wal o bridd a cherrig a adeiladwyd i geisio cysgodi'r llecyn bychan lle mynnodd ei nain blannu a thyfu tatws, er gwaetha'r tir caregog. Er iddo gadw llygad o'i amgylch yn ofalus fel arfer wrth nesáu at y coed, trodd ar ei sawdl gan edrych i bob cyfeiriad. Plygodd i ryddhau carreg oedd wedi hanner ei gorchuddio â phridd. Yn y twll isel oddi tano roedd bag bychan a wnaed flynyddoedd ynghynt o ddarn o stumog oen. Gafaelodd ynddo cyn ei wthio o dan ei ddillad ac i'r boced gudd a wnïodd ei nain iddo tu fewn i'w grys nos. Tynnodd bwrs bychan lledr o'r un boced gan ei osod yn ofalus yn y twll, cyn ei guddio â'r garreg a chladdu honno yn y pridd.

Cododd yn gyflym a bwrw golwg i bob cyfeiriad eto. Ymlaciodd o weld nad oedd neb yno. Roedd eu cyfrinach yn dal yn ddiogel. Tynnodd ei lawes dros ei law cyn gafael yn y bwced fetel oedd, ben bore fel hyn, yn oer fel rhew. Os byth yr anghofiai warchod ei law â'i lawes, byddai'n gwingo mewn poen gan fod y metel oer fel petai'n llosgi'i groen. Camodd at yr afon gan benlinio yn yr un man lle bu'n pysgota yn ystod ei blentyndod – yn aml am wythnosau heb ddal dim. Aethai blwyddyn heibio cyn i ffrind ddatgelu wrtho gan chwerthin nad oedd pysgod yn cyrraedd eu dyffryn uchel nhw. Tyfai gwiail yn drwchus ger y lan. Yn y dŵr, gwelai'i wyneb yn glir, gwallt cyrliog du wedi'i stwffio o dan ei gap, a'i lygaid glas yn disgleirio ynghanol ei wyneb tywyll. Er ei fod yn fachgen tenau, roedd yn dal fel ei dad.

Chwalwyd ei adlewyrchiad yn y pwll cysgodol wrth iddo sgubo llond y bwced o ddŵr cyn codi ar ei draed. Tywalltodd hanner ei chynnwys yn ofalus o amgylch y ddwy goeden, gan mai dyna roedd ei nain yn arfer ei wneud, cyn troi a chamu at ddrws ei chartref. Gwthiodd y drws yn ofalus. Camodd ymlaen a'i gau'n gyflym rhag colli'r gwres, a gadael i'w lygaid arfer â'r hanner tywyllwch wedi'r haul llachar.

Gosododd y bwced wrth y tân, oedd yn mudlosgi; yno eisteddai ei fodryb mewn cadair o wiail. Bu'n byw gyda'i mam ers iddi golli'i gŵr ar noson eu priodas a hithau'n ddwy ar bymtheg oed. Roedd hwnnw wedi syrthio'n farw cyn diwedd y wledd, ac ni chafodd hi gynnig priodi neb arall. Cododd gan gyffwrdd braich Hani'n ysgafn.

'Fe gafodd hi noson ddistaw,' meddai gan ddal i edrych ar ei mam.

'Dim mwy o hunllefau?' sibrydodd Hani.

'Na, dim byd felly. Er, dwi'n siŵr mai siarad efo rhywun roedd hi echnos, nid breuddwydio. Roedd yn swnio fel pe bai'n siarad efo'i mam hi, dy hen nain di,' atebodd ei fodryb. Gwelodd yr olwg amheus ar wyneb ei nai. 'Ond dyna ni, dwi'n amau nad wyt ti, fel dy fam, yn credu mewn ysbrydion, nag wyt?' gofynnodd.

Nid atebodd Hani'n syth. Syllodd tua'r gwely. 'Dwi ddim eisiau siarad am hyn efo Nain yn yr un ystafell,' sibrydodd.

'Mi ddof i 'nôl mewn hanner awr,' meddai'i fodryb. 'Pan fydd Mam yn deffro, fel arfer bydd hi eisiau te ac efallai ychydig o iogwrt gafr.'

'Lle mae'r iogwrt bore 'ma?' gofynnodd Hani. 'Mi fethais â dod o hyd iddo bore ddoe.'

'Mae yn y bowlen las acw,' atebodd ei fodryb. Craffodd Hani. 'Fan'na, ger y llwyau pren,' ychwanegodd, a gyda hynny cododd ei sgarff dros ei phen a chuddio'i hwyneb, ond nid i'w gwarchod rhag yr heulwen. Camodd i'r bore bach gan gau'r drws ar ei hôl.

Llenwai gwely ei nain – gwely a rannai gyda'i merch – bron i hanner y tŷ un-ystafell. Llawr pridd wedi'i droedio'n galed oedd iddo, fel cartref pawb arall yn y dref. Roedd y cwilid trwm newydd lithro, gan noethi ysgwyddau esgyrnog ei nain yn ei choban o gotwm tenau, glas. Roedd brodwaith gwyn yn addurno'r gwnïad ar y llewys hir.

Camodd Hani'n ysgafn tuag ati a chodi'r cwrlid gan ei lapio'n ofalus o dan ei gên a thros ei hysgwyddau. Teimlodd yr esgyrn, a edrychai fel cyfres o gopaon o dan y croen llac. Ond gadawodd ei braich dde yn rhydd ar ben y cwrlid. Hoffai ei chadw felly i grafu'i thrwyn os oedd angen, gan fod y cwrlid yn rhy drwm iddi ei rhyddhau fel arall. Yn ôl arfer ei llwyth, yn ei ffroen dde gwisgai dlws euraidd crwn wedi'i addurno â cherrig coch a glas – anrheg gan ei mam pan oedd yn ddeg oed. Ymwthiai ei gwallt gwyn i'r golwg o dan y sgarff las wlân a wisgai am ei phen i gysgu.

Eisteddodd y bachgen yn y gadair a sylwi ar law

ei nain yng ngolau'r tân a'r heulwen a ddeuai drwy'r twll mwg yn y to. Roedd ychydig o fwg wedi mynnu aros yn yr ystafell dros nos, a llosgai hwnnw lygaid Hani. Gorffwysai ei nain gyda chledr ei llaw tua'r nefoedd. Roedd y croen wedi caledu yn sgil degawdau o waith caled ar y tir a golchi dillad yn nŵr llwyd, rhewlifol yr afon. Gafaelodd yn ei llaw a'i lapio'n ofalus gyda'i ddwylo.

Roedd ei nain wedi colli'i gŵr mewn damwain ar y mynydd, a cholli'i thad a'i mam yn ifanc hefyd. Pan nad oedd y dwylo hyn yn gweithio, yna byddent yn gafael mewn llyfr. Tan yn ddiweddar gallai ddyfynnu'r *Qur'an* air am air. Medrai ddal ei thir yn y trafodaethau athronyddol a chrefyddol y byddai'n eu cael yn gyfrinachol gyda hen bregethwr yn y dref hefyd.

Agorodd ei hamrannau'n araf fel clwyd caer yn cael ei chodi. Hyd yn oed yn yr hanner tywyllwch roedd ei llygaid glas yn pefrio. Dyma'r un llygaid glas a etifeddwyd gan Hani a'i frodyr. Byddai hi wrth ei bodd yn tynnu'i goes fod un o filwyr byddin Alecsander Fawr o Facedonia yn un o'u hen, hen gyndeidiau pell.

'O Hani, ti wedi dod i ngweld i eto,' meddai mewn llais crynedig gyda thinc o syndod ynddo, er bod Hani'n dod yno bob bore. Cyrhaeddodd ei gwên ei llygaid, er bod ei gwefusau'n sych a'i chroen yn dynn a brau dros esgyrn ei hwyneb. Byddai'n gwaedu'n hawdd, hyd yn oed ar gyffyrddiad gwlân. 'Doedd dim angen, ti'n gwybod. Ond diolch yn fawr i ti.' Oedodd a cheisio codi fymryn yn y gwely gan bwyso'i phen yn agosach ato.

'Rydw i angen dweud rhywbeth wrthat ti, cyn ei bod yn rhy hwyr.' Llosgodd y geiriau lygaid Hani a throdd ymaith tuag at y tân. 'Ti'n dda iawn efo fi, a byth yn grwgnach. Dwi'n gwerthfawrogi'n fawr bopeth rwyt ti wedi'i wneud i mi erioed.' Sugnodd ymdrech yr ychydig eiriau ei nerth a suddodd ei phen yn ddwfn i'r glustog.

'Rwyt ti'n fy atgoffa fwy o dy dad bob dydd.' Anadlodd yr hen wraig yn ddwfn a llafurus eto gan lyfu'i gwefusau. 'Roeddwn i'n falch ohono pan oedd yn ifanc, a phawb yn ei adnabod fel dyn dewr.' Anadlodd yn ddwfn eto.

'Ond roedd yr hyn a wnaeth wedyn angen dewrder gwahanol iawn. A dwi'n falch dy fod ti'n dilyn ei lwybr. Paid anghofio hynny. Byth.'

Llithrodd ochenaid fechan o'i cheg, a gwyddai Hani ei bod mewn poen ond yn rhy falch i gwyno. Rhwbiodd ei lygaid gyda'i lawes gan ymestyn am y bwced o ddŵr. Wrth wneud hynny teimlodd gynnwys y boced gudd yn crafu yn erbyn ei frest. Byddai'n rhaid disgwyl cyn darllen y llythyr diweddaraf.

'Gadewch imi wneud te a brecwast ichi, Namja,' meddai, gan ddefnyddio'i henw'n ffurfiol i ddangos ei barch. Tywalltodd y dŵr o'r bwced yn ofalus i'r bowlen. Crogai hon uwchben y tân a fwydodd gyda darn o bren a thalpiau o ddail yak wedi sychu. Glanhaodd gwpan pridd gyda chadach, cyn codi'r dail jasmin brau yn ofalus fesul un gyda llwy fechan arian o'r bocs ar y silff ger y drws, lle'r oedd gweddill ei pherlysiau'n cael eu cadw. Hoffai ei nain ddyrnaid ohonynt yn ei chwpan ac arferai eu sugno wedyn ar ôl gorffen y te. Cyn i'r dŵr gael cyfle i ferwi'n ffyrnig, llenwodd y cwpan nes bod y dail yn nofio ar yr wyneb, a'i gynnig i'w nain, oedd yn ei wylio.

Crynodd ei llaw wrth iddi geisio'i godi, felly cynigiodd Hani'r cwpan yn ofalus i'w gwefusau gan roi un llaw y tu ôl i'w phen. Tywalltodd ychydig i'w cheg yn adlais o'r modd y bu hithau'n ei fagu ef bymtheg mlynedd ynghynt. Llyncodd ei nain y ddiod yn drafferthus, a byrlymodd ychydig ohono dros ei gwefusau ac i lawr ei gwddf cyn i Hani gael cyfle i'w sychu â'i lawes. Gwenodd ei nain a gorffwyso'i phen yn ôl yn araf wrth i Hani dynnu'i law ymaith.

'Dyna ni,' sibrydodd. 'Dyna ni,' meddai'n dawelach fyth, cyn cau ei llygaid a rhyddhau anadl hir nes bod ei gwefusau'n agor cyn cau drachefn.

Gosododd Hani'r cwpan ar y llawr. Cofleidiodd ben ei nain mor dyner â mam yn croesawu'i baban i'w chôl. Cusanodd ei thalcen. Rhyddhaodd hi gan lapio'i ddwylo eto o amgylch ei llaw, a gwrando ar ei hanadl yn distewi a byrhau nes bod arno ofn anadlu'i hun, rhag colli unrhyw smic. Suddodd y dail i waelod y cwpan ac oerodd y te. A phan groesodd ei fodryb riniog ei chartref roedd bochau Hani'n sgleinio'n lân, a'r boen a greithiodd wyneb ei nain ers misoedd wedi ei gadael.

Tŷ ar y Tywod

Tyfodd y pebyll simsan fel madarch un noson. Erbyn y bore sgrialai miloedd o ddynion gwyn gydag wynebau coch yn eu lifrai lliw tywod o'u hamgylch fel morgrug. Cyrhaeddodd awyrennau a hofrenyddion a gynnau o bob maint y gwersyll yn yr anialwch. Bu'r nomadiaid lleol yn eu hastudio'n fanwl o bell am wythnosau, gan fethu'n lân â deall pam yr adeiladwyd y fath wersyll anferth mor bell o ddŵr na chysgod. Wrth siarad gyda'i gilydd dros y tanau fin nos, y farn gyffredinol oedd mai dros dro yn unig y byddai'r dieithriaid o dros y môr yn aros. Wedi'r cyfan, pwy fyddai'n dewis byw yn yr anialwch? Ganed y nomadiaid yno, a dyna'r unig ffordd o fyw y gwyddent amdano.

Ond bymtheng mlynedd yn ddiweddarach, roedd y fyddin swnllyd yn dal yn y dref o wersyll hanner can milltir i'r de o Riyadh, prifddinas Saudi Arabia. Erbyn hyn roedd y pebyll wedi tyfu a lledu nes gorchuddio ardal dros ugain milltir sgwâr. Roedd y nomadiaid ar eu camelod, a'u cefndryd cefnog yn eu jîps gyriant pedair olwyn, yn cadw'n glir o'r safle, ar ôl i'r milwyr saethu atynt fwy nag unwaith yn y dyddiau cynnar. Brenhines y morgrug estron hyn oedd y stribyn hir o goncrid ynghanol y gwersyll, lle gwelid yr awyrennau rhyfel yn rhuo i'r nen cyn dychwelyd oriau'n ddiweddarach, yn ysgafnach a distawach.

Cafodd ambell nomad beiddgar a barus wahoddiad i'r gwersyll i rannu eu gwybodaeth o'r anialwch. Yno gwelsant ffyrdd llydan wedi'u hadeiladu, a phyllau mawr o ddŵr glas yn y ddaear lle'r oedd dynion yn gorwedd a chwarae am oriau bwygilydd yn yr haul. Roedd y fath wastraff ar adnodd gwerthfawr yn gwylltio'r nomadiaid, a'u presenoldeb yn cynddeiriogi'u harweinwyr crefyddol.

Gorweddai Jon Clark ar ei gefn mewn pwll o'i chwys ei hun ar wely cynfas â choesau metel simsan iddo, yn gwylio madfall yn cropian ben i waered ar hyd to'r babell. Canolbwyntiai arno gan geisio anghofio am gyrch bomio arall a'i wynebai drannoeth.

Clywsai fod rhai o'r milwyr eraill yn y gwersyll enfawr yn hoffi hela madfallod. Wedi dal y creaduriaid, byddent yn rhwygo'u cynffonnau i ffwrdd cyn eu carcharu mewn bocs i weld a oedd yr hen goel – eu bod yn gallu tyfu cynffon newydd mewn byr o dro – yn wir. Flwyddyn yn ôl buasai wedi ceisio'u perswadio i adael llonydd iddynt. Bellach llonydd iddo'i hun, a chyrraedd adref yn iach, oedd ei unig freuddwyd.

Petai arian ganddo, buasai adref yn cwblhau ei gwrs cyfreithiwr. Ond yn wahanol i'r rhan fwyaf o'i gyd-fyfyrwyr yn Yale, nid oedd adnoddau na theulu cefnog dylanwadol ganddo i dalu am ei goleg, felly ymunodd ag adran yr awyrlu o'r Gwarchodlu Cenedlaethol. Roedd yn fargen syml. Treuliai bob penwythnos a gwyliau coleg yn ymarfer gyda'r gwarchodlu, a byddai'r awyrlu'n talu am bopeth tra oedd yn y coleg.

Yn y blynyddoedd cynnar, rhaid cyfaddef, roedd yn hwyl, a dangosodd Jon allu naturiol fel peilot. Yna daeth y rhyfel a chafodd ei anfon i'r Gwlff, am dri mis yn wreiddiol. A dyma fo, naw mis yn ddiweddarach, yn dal yn yr anialwch a dim sôn am fynd adref. Gallai pethau fod yn waeth. Gallai fod yn Irac. Ond yn y gwersyll, doedd neb wedi diflasu ar ymladd.

Er gwaetha'r myrdd o eglwysi o bob enwad dan haul, ochr yn ochr â phyllau nofio, sinemâu awyr agored, llyfrgell, campfa a stondinau llachar cyfarwydd McDonald's a Pizza Hut, yfed galwyni o gwrw a mygiau o wisgi oedd diddordeb pennaf y mwyafrif yn y gwersyll. Roedd ymladd yn ail agos.

Disgwyliai weld ymladd rhwng Americanwyr a'r garfan fechan o Brydeinwyr oedd yn rhannu'r gwersyll gyda nhw, er mai criw o feddygon a pharamedics oedd y rheiny. Ond buan y datblygodd y gystadleuaeth iach rhwng gwahanol gatrodau Americanaidd yn elyniaeth afiach. Weithiau roedd yn rhy beryglus i fentro o'r pebyll. Yn dilyn ambell derfysg byddai dwsinau o filwyr yn cael eu hanfon adref wedi'u hanafu'n rhy wael i fod o ddefnydd pellach i'w gwlad. Roedd Jon wedi gweld yr adroddiadau oedd yn cael eu stampio â 'Cyfrinachol' cyn eu hanfon i gist mewn caer filwrol yn America. Gwyddai hefyd na allai'r gwersyll hwn yn yr anialwch fodoli am fwy na deuddydd heb y tunelli o fwyd, petrol, dŵr ac arfau oedd yn cael eu hanfon iddynt yn ddyddiol gan fflyd o awyrennau C-130 Hercules.

Llusgwyd ef 'nôl i'r presennol gan chwerthin uchel, lleisiau dynion yn gweiddi ar ei gilydd, a chyfarth gorffwyll. Cododd ar amrantiad ac, er mai peilot ydoedd, cydiodd yn reddfol yn ei reiffl a'i chario gydag ef i geg y babell. Bum rhes o bebyll oddi wrtho, gwelai griw o filwyr yn gwthio yn erbyn ei gilydd, a gan ei fod wedi hen ddiflasu yn ei babell cerddodd tuag atynt. Er bod yr haul newydd fachlud, roedd y gwres yn drymaidd a glynai cefn ei grys a'i drowsus i'w groen llaith. Ond o fewn awr byddai'r tymheredd wedi plymio a Jon yn falch o gael dianc i'w sach gysgu o blu gŵydd.

Dyfalodd fod testun y fath rialtwch yn erbyn y rheolau gan fod milwr â chwib yn ei law yn cadw golwg am yr heddlu ar ben y rhes o bebyll. Safai tua ugain o filwyr yr awyrlu ynghanol y pebyll. Gwelodd Jon focs pren y tu allan i babell a safodd arno i weld beth oedd yn tynnu'r holl sylw.

Ffurfiwyd hirsgwar lle'r oedd ymladdfa'n digwydd. Daliai'r milwyr yn y rhes flaen dariannau plastig a ddefnyddid adeg terfysg i amddiffyn rhag bomiau petrol neu gerrig. Ond y pnawn hwn roeddent yn caethiwo ci Rottweiler cydnerth, a gyfarthai nes bod y glafoer yn britho'i got o flew du, byr. Gwelai Jon y cyhyrau'n ystwytho fel tonnau'n ymledu ar lyn dan y croen tyn. Trodd y glafoer uwchben gwefus y ci yn binc gan y gwaed oedd yn diferu o gripiad ger ei drwyn.

Roedd y chwerthin yn uchel ac yn bradychu'r yfed trwm fu'n digwydd drwy'r dydd, a'r cyffro'n amlwg yn y milwyr wrth iddynt wthio yn erbyn ei gilydd i geisio gweld yr ornest yn gliriach. Yfent o boteli cwrw a churo'i gilydd ar eu cefnau. Ymladd cŵn eto, meddyliodd Jon. Roedd wedi gweld mwy nag un ci'n cael ei saethu ar ôl cael ei glwyfo'n ddrwg mewn gornestau yn y gorffennol, cyn cael eu claddu'n dawel bach yn y tywod.

Ond ni welai gi arall yno. Bu'n rhaid iddo graffu am eiliadau hir cyn sylweddoli mai sgorpion bychan lliw'r tywod oedd y gwrthwynebydd. Dim ond tua maint ffôn symudol cyffredin oedd hwn. Cropiai'n ofalus wysg ei ochr gan gadw'i gorff tuag at y ci. Roedd ei gynffon wedi crymu uwch ei gorff, tra bod y dannedd du o wenwyn ar y pen yn brathu'r awyr yn fygythiol.

Roedd y ci ganwaith yn fwy na'r trychfil, y gallai unrhyw un ei ddifa ond trwy sathru arno, ond gallai brathiad peryglus y sgorpion ladd. Teimlodd y ci gripiad y dannedd gwenwynig wrth ruthro'n wyllt am y sgorpion ar ddechrau'r ornest greulon. Er nad oedd y clwyf yn ddigon dwfn i'w lorio, na digon o wenwyn ynddo i'w ladd, roedd y ci wedi'i syfrdanu. Nawr roedd yn ddigon call i gadw'i bellter wrth weld y gynffon yn brathu'r awyr bob tro y symudai'n nes.

'Pa un, Captcn, y ci 'ta'r sgorpion?' gofynnodd milwr byr yn hyderus. Cerddodd wysg ei ochr nes ei fod yn sefyll wrth ochr y bocs. Syllodd i fyny ar Jon. 'Cyfle da i chi wneud arian heno. A mwynhau cwrw,' cynigiodd, gan bwyntio at fin sbwriel plastig oedd yn llawn dŵr a rhew yn toddi. Tystiai'r caniau a'r poteli gwag o'i amgylch beth oedd yn y bin. 'Uffar o gi 'di hwn. Basa'n gallu lladd dyn, jest fel'na.' Cliciodd ei fys a'i fawd ac edrych yn ddifrifol am eiliad.

Nawr daliai lyfr bychan yn un llaw a phensel yn y llall, ac roedd pentwr o arian papur wedi'u stwffio i bocedi'i grys. Datgelai hwn fol oedd yn gorlifo dros ei drowsus ac wedi llosgi'n goch. Roedd wedi stwffio'i drowsus i'w esgidiau uchel yn null yr awyrfilwyr coci, er mai aelod o gatrawd foduro gyffredin oedd ef.

'Pawb, heblaw dau glown o'r gegin, wedi dewis y ci. Mi wela i eich bod chi'n fetiwr profiadol,' sebonodd. 'Cymryd eich amser i ddewis. Doeth iawn.' Gwenodd yn slei. 'Mi fedra i gynnig telerau da iawn i chi,' cynigiodd wrth wincio ar y milwr a safai ar ben y rhes gyda'r chwib. 'Ond gwell i chi frysio. Dwi ddim yn meddwl fod y sgorpion am bara'n hir iawn.'

Gwelai'r bwci fod angen mwy o waith perswadio ar y peilot ar y bocs, ac fe ddaliodd ati i sibrwd fel petai'n rhannu cyfrinach fawr y gwersyll. 'Un o gŵn gora'r heddlu ydi o, wedi'i hyfforddi i chwalu breichiau neu goesau dyn.' Taflodd olwg ofalus o'i gwmpas fel pe bai ar lwyfan pantomeim. 'Dwi ddim yn siŵr am faint yn rhagor fydd y pry bach yna'n mwynhau'r anialwch.' Cerddai o amgylch Jon gan sefyll ar flaenau'i draed ambell waith mewn ymdrech ofer i geisio gweld yr ymladdfa. 'Unwaith mae'n brathu, 'di o byth yn gollwng,' meddai.

Erbyn hyn gwelai Jon fod dau filwr yn defnyddio ffyn i brocio'r ci, ac roedd hyn yn cynddeiriogi'r anifail. Ceisiodd hwnnw fwy nag unwaith chwilio am fodd i ddianc, ond roedd wal o dariannau cyn daled â dyn yn ei amgylchynu. Synhwyrai pa mor beryglus oedd y sgorpion ac roedd yn cyfarth yn uwch i guddio'i ofn.

'Dwi ddim yn meddwl ei fod am ennill,' meddai Jon. 'Gallai'r ci ei ladd, ac fe ddylai wneud hynny'n hawdd. Ond tydi'r sgorpion ddim yn gallu dianc. Does dim dewis gan y cradur ond ymladd.'

Digwyddai betio anghyfreithlon fel hyn yn aml i geisio torri ar undonedd bywyd y gwersyll, ac roedd Jon wedi hen ddysgu fod yn rhaid cymryd rhan, neu byddai'n tynnu sylw ato'i hun. Roedd digon yn siarad amdano'n barod oherwydd lliw ei groen a'r ffaith ei fod yn edrych fel Arab. Felly gallai wenu'n ffals a siarad a chymryd rhan ymhob math o sgwrs heb ddatgelu'i wir deimladau. Atebodd y milwr ef.

'Ydyn, mae'r creaduriaid bach hyn yn rhai gwydn, ond dwl braidd,' meddai'n ffug awdurdodol. 'Dwi wedi gweld rhai, hyd yn oed pan ti'n dreifio jîp Hummer yn syth amdanyn nhw, yn sefyll eu tir a chodi cynffon . . .' Oedodd y milwr boliog cyn taro'r ergyd olaf. '. . . eiliad cyn i'r olwyn eu gwasgu'n fflat fel crempog,' meddai gan chwerthin yn uchel.

'Bysa ambell un yn galw hynna'n ddewrder,' atebodd Jon yn sych. 'Gwranda, y ci ddylai guro trwy frathu neu wasgu'r sgorpion. Ond does dim rhaid iddo fo. Ac mae'r ci'n gwybod hefyd y gall droi a mynd i ffwrdd, nad oes rhaid iddo fo aros.'

Tagodd y bychan gan fentro atgoffa'r capten o'i addewid cynharach. 'Cofia, mae hwn yn gi sy'n ddigon cryf i ladd dyn!'

'Ella, ond mae'r sgorpion yn ymladd am ei fywyd. Dyma'i gynefin. Mi wnaiff ymladd hyd y diwedd. Os bydd o'n amseru'i frathiad yn iawn mi all anafu'r ci yn ddrwg.' Estynnodd Jon am arian o'r waled a dynnodd o'i boced. 'Faint roi di ar y sgorpion i ennill a'r ci i droi a dangos ei gefn?'

Lledodd y milwr ei freichiau cyn ateb. 'Fe gei di naw i un am hynna, ond . . .'

Torrodd Jon ar ei draws wrth gamu oddi ar y bocs. 'Rho hanner can doler ar y sgorpion. Tyrd â'r pres draw i mhabell i pan fydd y cyfan drosodd,' meddai gan estyn yr arian i'r milwr boliog.

'Dyn hyderus,' meddai hwnnw. Ond roedd tinc o'r coegni wedi gadael ei lais. Rhaid ei fod yntau wedi pwyso a mesur y sefyllfa'n ofalus hefyd, a gwelai beth o'i enillion yn diflannu. 'Pa babell?' gofynnodd, wrth wthio'r arian i boced ei drowsus a dechrau sgwennu'n frysiog yn ei lyfr ac edifarhau iddo demtio'r peilot craff.

'C1107, draw acw, ac mi fydda i'n disgwyl amdanat, filwr,' atebodd Jon dros ei ysgwydd gan bwysleisio'r gair olaf wrth droi i gerdded 'nôl i'w babell, a chael salíwt gwael gan y bychan.

Fel arfer roedd y nos wedi meddiannu'r gwersyll o fewn munudau ar ôl i'r haul ddiflannu. Roedd bron yn amser noswylio, a phan gyrhaeddodd ei babell estynnodd Jon am ei fag ymolchi. Ni thrafferthodd gerdded draw i'r toilet, gan fynd ati i lanhau ei ddannedd yng ngheg y babell a phoeri ar y llawr.

Wrth wasgu'r tiwb past dannedd sylwodd fod gronynnau bychan o dywod eisoes yn gymysg yn yr hylif gwyn. Nid oedd hynny'n syndod gan fod y tywod yn treiddio i bopeth. Roedd wedi hen arfer â rhoi'r gorau i'w ymdrechion i lanhau o dan ei ewinedd, ei glustiau, ei sanau a'i sach gysgu. Cyn gynted ag y byddai'n eu glanhau, byddent yn fudr eto ymhen oriau. Stwffiai'r tywod ei hun rhywsut rhwng tudalennau ei nofel ddiweddara nes bod honno'n foliog a cham.

'Hei, Jon!' Gwthiodd Carl Webster ei ben trwy geg y babell gan gogio curo ar y gofod lle dylai'r drws fod. 'Mae darllediad o lythyrau wedi cyrraedd, a dwi'n meddwl i mi weld dy enw di ar y rhestr. Well i ti frysio, mi fyddan nhw'n cau cyn wyth.' Gyda hynny diflannodd pen ei lywiwr a'i gyd-beilot yn ôl i'r nos wrth iddo ruthro am y babell nesaf i rannu'r newyddion da.

Gallai'r post gyrraedd unrhyw amser gan fod y rhan fwyaf erbyn hyn yn manteisio ar wasanaeth lloeren i anfon a derbyn fideos personol. Prin iawn bellach y byddai llythyrau mewn amlenni'n cyrraedd y gwersyll anferth. Nid oedd wedi clywed gan ei wraig – a briododd ar ôl treulio blwyddyn yng ngholeg y gyfraith – ers bron i wythnos, ac yn ddistaw bach roedd yn poeni ei bod hi dan straen anferthol. Bu'n dawel iawn yn ddiweddar ac er cymaint roedd o'n tynnu arni, moel iawn oedd ei sgwrs. Dim ond trwy'r llythyrau fideo hyn yr oeddent wedi bod yn cyfathrebu ers misoedd lawer. Gwrthododd hi ddod draw i'w weld am benwythnos pan oedd tridiau o wyliau ganddo.

Brasgamodd Jon draw i'r babell gysylltiadau lle'r

oedd y sgriniau teledu a ffôn lloeren ar gael iddynt eu defnyddio'n rhad ac am ddim. Roedd yn hanner llawn o ddynion yn derbyn negeseuon gan eu teuluoedd. Anelodd am un o'r seddau caled o flaen sgrin deledu fechan. Cyflymodd ei galon wrth edrych ymlaen at neges o adref. Tarodd ei rif a'i enw ar y sgrin cyfrifiadur cyn eistedd, a gwelodd fod dwy neges iddo – un gan ei wraig, ac un arall gan ffrind o'r coleg. Rhyfedd, dim ond dwy eiliad ar bymtheg oedd neges ei wraig. Rhaid bod rhan o'r neges wedi mynd ar goll wrth gael ei throsglwyddo trwy'r gofod. Roedd yn fyr, ond nid oedd angen iddi fod eiliad yn hirach.

'Does dim ffordd hawdd o ddweud hyn, Jon, ond dwi'n dy adael di,' meddai Pam, gan syllu ar y sgrin wyth mil o filltiroedd dros y môr, ddiwrnod ynghynt. Hyd yn oed ar y sgrin fechan, gwelai Jon fod ei llygaid wedi chwyddo ac yn goch.

'Ro'n i eisiau dy adael ers amser ond mi wnaeth yr awyrlu fynnu mod i'n aros. Ond dim mwy. Ti'n gwybod be 'di 'nheimladau i am y rhyfel 'ma, a dwi ddim yn deall pam na wnei di adael; ti wedi bod yno'n rhy hir. Maddau imi am wneud hyn; mae'n wir ddrwg gen i. Gobeithio y byddi di'n iawn.'

Trodd y sgrin yn ddu gyda neges yn ei wahodd i chwarae'r fideo eto neu ei ddileu. Syllodd Jon ar y cyfrifiadur gan deimlo dim byd o gwbl. Anadlodd yn ddwfn. Daeth teimlad drosto fel petai am chwydu. Gwasgodd y botwm i wrando ar y neges eto. Dim camgymeriad. Yr un geiriau'n union. Dechreuodd ei feddwl rasio'n wyllt. Oedd rhywun arall yno gyda hi pan recordiodd ei neges? Pam fod yr awyrlu wedi ceisio'i rhwystro rhag ei adael? Ers pryd roedd hi wedi teimlo fel hyn? Roedd wedi aberthu popeth er ei mwyn – dyna pam roedd o yn y popty yma.

Torrwyd trwy'r cwmwl oedd wedi disgyn drosto gan lais un o'i gyd-beilotiaid a eisteddai drws nesaf.

'Ti'n edrych ymlaen at y cyrch?' Er bod llais y peilot yn swnio'n hyderus roedd ei lygaid yn ei fradychu. 'Ti a fi a gweddill clwb y penglog gwyn yn hedfan dros ffin gogledd Affganistan a Phacistan; hedfan yn ddigon isel i dorri'r cnydau opium!'

Oedodd cyn torri ar yr eiliadau o ddistawrwydd chwithig oedd rhyngddynt. 'Saffach felly! Mae gan y terfysgwyr roccdi o bob math. A ni, mae'n debyg, sy wedi'u rhoi nhw iddyn nhw!'

Tarodd y peilot ei fraich yn gyfeillgar – er bod ei wyneb yn wyn a'i law yn crynu – cyn gadael Jon gyda'i freuddwyd wedi'i chwalu. Nid oedd hwnnw wedi clywed gair o'r sgwrs. Roedd wedi colli'i unig angor.

Dechreuodd yfed yn rheolaidd fisoedd yn ôl, cyfuniad o ddiflastod ac unigrwydd i gychwyn, a'r disgwyl fod pob milwr yn yfed yn drwm. Testun gwawd oedd methu ag yfed, ac roedd yn haws gan Jon ddilyn y gweddill. Erbyn hyn, ei hunllefau oedd yn ei erlid i chwilio am loches trwy yfed, fel llong mewn storm yn chwilio am harbwr cysgodol. Llwyddodd ar y cychwyn i anghofio am ganlyniadau eu cyrchoedd bomio nes iddo weld lluniau ar orsaf newyddion Al Jazeera pan oedd ar benwythnos rhydd yn Qatar.

Fyth ers hynny, bob tro y gollyngai'r bomiau, gwelai'r cartrefi'n cael eu chwalu. Clywai'r rhieni'n wylo a chrefu am gymorth wrth i'r babanod gael eu cario i'r ysbytai ar ddarnau o ddrysau, eu croen wedi'i rwygo fel toes gwlyb. Erbyn cyrraedd y gwersyll roedd eu cyrff gwaedlyd yn disgwyl amdano yn ei babell a'u sgrechian yn ei fyddaru. Ni fedrai guddio rhagddynt. A nawr roedd yn cario hunllef newydd 'nôl i'r babell i'w boenydio.

Y Bugail

Yn y cartref unllawr o bridd a choed ger y troad yn yr afon, galarai'r merched yn uchel gan gladdu'u hwynebau yn ysgwyddau ei gilydd am gysur. Safai'r gwŷr barfog y tu allan gan bwyso ar y wal gerrig yng nghysgod y ddwy goeden, yn siarad yn dawel, yn smocio ac yfed y te cryf roedd y cymdogion wedi'i baratoi. Roeddent eisoes wedi newid i ddillad glân – crysau hir at eu pengliniau a throwsusau llac brown, llwyd neu ddu. Roedd rhai yn cnoi'r Karai-Teka – darnau o gig eidion a sbeis a llysiau wedi'u crasu ar sgiwer – oedd wedi'u coginio'r bore hwnnw a'u gosod mewn llestr pridd ar dân bychan yn yr iard i'w cadw'n boeth.

Chwyrlïodd y bore heibio wrth i berthnasau a ffrindiau agos alw heibio'r cartref bychan ar gyrion y dref i gydymdeimlo. Teimlai Hani fel pe bai wedi treulio diwrnod llawn o haf yn aredig y tir, er mai prin amser cinio oedd hi. Addawodd iddo'i hun na fyddai'n wylo o flaen trigolion y dref, gan fod yn gefn i'w fam a'i frodyr a'i chwiorydd. Wedi'r cyfan, fo oedd y penteulu bellach. Ond ysai am gael cyfle i ddianc i alaru ymhell o'r dref. Ysai hefyd am gael cyfle i ddarllen y llythyr oedd yn ddiogel dan ei ddillad. Roedd ei fam wedi gofyn iddo fynd i nôl mwy o fwyd o'u cartref i baratoi cinio cyn yr angladd yn y pnawn, a bachodd ar y cyfle i ddianc. Edrychodd ar y mynyddoedd yn hytrach nag ar adeiladau'r dref, gan geisio anghofio am y bore, a gweddïodd na welai neb arall. Nid oedd eisiau wynebu mwy o gydymdeimlo. Roedd arno angen galaru ar ei ben ei hun.

Ymestynnai llethrau'r mynyddoedd bob ochr i'r dref tua chrib o rew, gyda'r eira ar y rhannau uchaf yn dallu yn yr haul. Tir sych oedd dan y garthen wen, gydag undonedd y pridd coch caregog yn cael ei leddfu gan lwyni a choed corrach wedi'u gwasgaru'n gynnil dros y tirlun hesb. Pan ddringodd Hani i gopa'r grib i chwilio am ddefaid coll yr haf cynt, gwelodd ddyffrynnoedd tebyg yn ymestyn i bob cyfeiriad hyd at y gorwel. Gwthiai gwythiennau gwyn o lwybrau cul trwy'r tirlun i arwain teithwyr a marsiandïwyr o dref i bentref.

Camodd i ochr y stryd wrth i geffyl gwyn budr ddod tuag ato yn tynnu cert pren. Pwysai'r ddau deithiwr barfog yn erbyn ei gilydd gan bendwmpian. Swatiai'r ddau yn eu crysau gwyn tyn di-goler, gyda gwasgod las gan un ac un goch gan y llall. Gwisgai'r ddau gap brown ysgafn traddodiadol y Pathan, oedd fel crempog fawr yn ceisio cadw trefn ar eu gwallt cyrliog. Taflwyd blanced ysgafn dros ysgwyddau'r ddau hefyd, a chododd y gyrrwr ei ffon gan wenu cyfarchiad cysglyd. Ond nid oedd hynny'n syndod gan fod Shafid, gyrrwr y cert, yn gwenu bob amser, byth ers i'w wraig eni dau fab bum mlynedd ynghynt. Roedd efeilliaid yn arwydd o lwc dda.

Ymatebodd Hani heb ddweud dim, gan godi'i law agored a sylwi bod y ceffyl yn gloff. Rhaid bod ei bedolau wedi treulio, meddyliodd. Cymerodd arno beidio sylwi ar Ahmed, y teithiwr arall, ffermwr cwerylgar yr oedd ei dad wedi gorfod mynd ag o i'r llys Sharia oherwydd anghydfod dros ddarn o dir. Collodd Ahmed yr achos, ac nid oedd erioed wedi maddau, i'r fath raddau ei fod yn dal i siarad yn ddilornus yn gyhoeddus am dad Hani, ac yntau wedi marw. Roedd Hani wedi penderfynu ers tro mai ei anwybyddu oedd gallaf.

Nid oedd wedi mynd hanner canllath arall cyn iddo sylweddoli fod gŵr yn cerdded yn syth tuag ato. Llyncodd anadl ddofn gan ei baratoi'i hun i dderbyn cydymdeimlad un o'r trigolion. Ond teimlodd ryddhad wrth sylweddoli pwy ydoedd, ac roedd yn gwybod na fyddai'n rhaid iddo siarad am farwolaeth ei nain gyda'r gŵr bychan – ni fyddai hwn wedi clywed dim eto, gan nad oedd yn byw yn y dref. Prysurai tuag ato, ei locsyn tenau'n chwifio yn y gwynt, a siaced a throwsus glas golau gyda gwasgod drwchus ddu drostynt yn gwarchod ei gorff crwm. Roedd hwn wedi heneiddio cyn ei amser.

Bugail oedd Rehman, yn byw yn uchel i fyny llethrau'r dyffryn gyda'i wraig, Shahnah, dynes a gâi ei chydnabod fel gwniadwraig orau'r ardal. Bu'r ddau'n byw yn y dref gydol eu hoes, ond pan foddodd eu mab bychan yn yr afon yn hwyr un noson wedi iddo grwydro allan o'r tŷ, bu bron i alar ei wraig â'i gyrru'n orffwyll. Crebachodd eu cariad nes crino fel dail yr hydref a throi'n llwch. Byddai gweld plant eu cymdogion fisoedd yn ddiweddarach yn gwaethygu'r boen, gan ailagor y llifddorau, ac felly adeiladodd y bugail gartref newydd iddynt uwchben y dref. Ni fu Shahnah yn y dref ers hynny.

'Bore da, Hani,' meddai'r bugail a gariai ffon bren oedd bron cyn daled ag ef yn un llaw a bag defnydd llwythog yn y llall. 'Rwyt ti'n tyfu'n dalach bob tro dwi'n dy weld.' Syllodd yn agosach a phwyso ar ei ffon. 'Ti'n mynd i edrych yn debycach i dy dad bob diwrnod.'

Roedd Hani'n falch nad oedd y bugail yn gwybod am farwolaeth ei nain, gan y gallai siarad ag o yr un fath ag arfer. Nid oedd eisiau dwcud wrtho chwaith. Byddai cydnabod ei marwolaeth mewn geiriau fel cau drws arall arni, a doedd o ddim yn barod i wneud hynny eto. Bron heb sylweddoli, roedd wedi penderfynu gafael yn dynn ynddi cyhyd ag y gallai.

'Bore da i chithau.' Edrychodd tua'r llethrau. 'Fyddwch chi'n symud y defaid a'r geifr i lawr yn fuan? Mi gawson ni dipyn o eira neithiwr.' Rhwbiodd ei dalcen. Teimlai'n flinedig. 'Dwi erioed yn cofio eira'n disgyn mor gynnar.'

Gwenodd Rehman. Edrychodd yntau tua'r llethrau ac yna ar y cymylau tenau oedd wedi bod yn ymgasglu drwy'r bore yn uchel yn yr awyr fel saim ar wyneb cawl yn oeri. Cyn iddo gael cyfle i ateb, clywodd fachgen yn gweiddi.

'Hani, Hani!' Ei frawd Haji oedd yn rhedeg nerth ei draed tuag ato gan godi cymylau bychan o lwch gyda'i draed. 'Mae Mam yn gofyn i ti ddod â'i sgarff sy'n hongian ar gefn y drws hefyd,' meddai gan anadlu'n galed a sefyll wrth eu hochr. Roedd ei bêl griced yn ei law.

'A phwy wyt ti, felly?' gofynnodd Rehman, gan wenu'n llydan wrth droi at y bachgen. 'Mae'n rhaid mai Haji wyt ti.' Nodiodd hwnnw 'i ben yn ffyrnig.

'Ti wedi tyfu gymaint ers i mi dy weld y tro diwethaf,' meddai, gan rwbio'i law yn chwareus drwy wallt trwchus y bachgen. Sythodd y bychan fymryn, wedi'i blesio'n arw gan eiriau'r bugail. Fedrai o ddim aros i ddweud wrth Irfan.

'Ydw, dwi bron yn wyth rŵan. Well imi fynd 'nôl,' meddai, 'rhag ofn fod gan Mam fwy o dasgau imi. Mae Nain wedi mynd.' A gyda hynny rhedodd yn galed i lawr y stryd gan ffugio taflu'r bêl at ddrysau'r tai.

Trodd Rehman at Hani. 'Bachgen cryf; mae'ch teulu'n lwcus dros ben,' meddai. Gwyddai Hani at beth roedd yn cyfeirio. Ni wyddai beth i'w ddweud, ond roedd yn falch na holodd Rehman am ei nain.

Rehman dorrodd ar y distawrwydd chwithig. 'Fydd hi ddim yn hir rŵan cyn bod yr eira go iawn yn dilyn.' Pwysodd ar y ffon gan graffu tua'r mynyddoedd. 'Dwi wedi bod wrthi drwy'r bore pen yma, a dwi am fynd am yr ochr acw nesa i gasglu'r anifeiliaid sy 'di crwydro'n bell. Mae 'na ambell un bob blwyddyn sy'n hoffi mynd am dro, be bynnag ti'n ei wneud – fel ti'n gwybod!' Roedd Hani wedi treulio pum haf yn helpu Rehman gyda'i anifeiliaid cyn marwolaeth ei dad.

'Well imi fwrw ati neu bydda i'n gorfod treulio

noson dan y sêr, a dwi'n ofni fod gwaith tridiau o mlaen i,' meddai'r bugail.

'Y cyfle olaf eleni i chi wersylla,' meddai Hani, a difaru'n syth ei fod wedi agor ei geg heb feddwl. Arferai Rehman wersylla bob cyfle gallai, ond y tro diwethaf iddo wneud hynny oedd y noson y boddodd ei fab. Gwenodd ar Hani, ond roedd ei lais wedi distewi a'i lygaid yn syllu ar y gorwel.

'Na, dwi ddim yn meddwl.' Oedodd a rhwbio'i lygaid yn ysgafn. 'Ti'n deall fod yn rhaid imi ddychwelyd adref bob nos y dyddiau hyn.' Taflodd y bag dros ei ysgwydd gan ddefnyddio'r ffon i guro'i sandalau trwm er mwyn rhyddhau'r pridd oedd wedi casglu dan y gwadnau.

'Dydd da i chi, Hani,' meddai gan wenu, ond nid mor llydan â phan welodd ef rai munudau ynghynt. Cerddodd yn ei flaen gyda'i lygaid yn sgubo'r llethrau.

Teimlodd Hani ei phresenoldeb cyn iddo'i gweld. Safai Ayman, merch yr arweinydd, yng nghysgod y *medressa*. Er mai dim ond ugain llath oedd rhyngddynt yr eiliad honno, roedd yr adeilad hwnnw'n atgof chwerw o'r ffaith nad oedd ganddo bont i'w alluogi i gymryd y camau y dyheai eu cymryd er mwyn ei gwasgu yn ei freichiau heb sôn am siarad â hi. A byddai hynny'n fwy peryglus na cheisio nofio ar draws yr afon pan doddai rhew'r gaeaf yn y gwanwyn. Nid oedd erioed wedi'i chyffwrdd yn gyhoeddus, ond roedd yn ei charu – a hithau yntau. Rhaid ei bod yn sefyll yno tra oedd ef yn siarad gyda Rehman.

Er na welai ddim ond ei llygaid, roedd yn adnabod siâp ei chysgod. Gwisgai ffrog a sgarff hir, las tywyll, a fframiai ei llygaid tywyll. Disgleiriai'r addurn aur yn ei ffroen dde. Oedd hi wedi bod yn aros amdano, tybed? Llwyddodd ei phresenoldeb i wneud iddo anghofio am eiliadau hir am y ddynes ddewr oedd wedi'u gadael ond ychydig oriau ynghynt.

Ni chafodd gyfle i godi llaw i ffarwelio gan iddi gamu 'nôl i gysgod yr ysgol grefyddol ar yr un adeg ag y clywodd Hani sŵn y carnau a oedd wedi'i dychryn. Trodd i wynebu tri gŵr ar geffylau yn carlamu tuag ato. Gwelai farilau reiffls Kalashnikov ar eu cefnau. Codi llaw wnaeth yr arweinydd gyda'r cleddyf yn ei wregys o ddefnydd coch, gan arafu'r ceffyl â'i draed a'r awenau. Rhyddhaodd y sgarff oedd am ei ben i ddatgelu wyneb main a thrwyn fel pig eryr. Roedd ei farf frith, drwchus wedi'i thorri'n daclus fel arfer ac roedd ei lygaid brown golau wedi'u hoelio ar Hani. Arweinydd llwyth o ryfelwyr Pashtun a fu'n ymladd yn ddi-baid yn erbyn amrywiol ymosodwyr ers bron i ddeng mlynedd ar hugain oedd Azis Khan.

Rwsia oedd y gelyn gwreiddiol ar ôl iddynt ymosod ar Affganistan, cyn troi sylw at amrywiol lwythau'r wlad wrth iddynt ymladd am y llaw uchaf. Yna cyrhaeddodd milwyr America a'r gwledydd eraill a ddaeth i gynnig cymorth i Affganistan. Ond Azis oedd un o'r arweinwyr gâi ei edmygu, a'i ofni, fwyaf oll. Defnyddiai'r cleddyf i ddienyddio unrhyw un a oedd, yn ei farn ef, yn fradwr, yn ysbïwr neu'n byw yn groes i wersi'r *Qur'an*.

'Bore da, Hani fab Ehdi.' Ymgrymodd ei ben fymryn fel arwydd o barch, na ddangosai'n aml, yn enwedig at ddynion iau. Er eu bod hwythau wedi rhyddhau'r sgarffiau, ni ddangosodd y ddau farchog arall eu syndod o'i glywed yn siarad felly gyda'r bachgen ifanc.

'Wyt ti wedi ystyried fy nghynnig?' Syllodd i fyw llygaid Hani.

'Do,' atebodd yntau.

'Bydd y gaeaf yma'n fuan, gan ynysu'r dref am fisoedd. Ond mae gwaith mawr i'w wneud gyda'n cefndryd yn Affganistan.' Gostyngodd ei lais nes bod Hani'n gorfod ymdrechu i glywed y geiriau. 'Mae angen cymorth pob dyn arnom ar gyfer hyn.'

Teimlodd Hani ei stumog yn oeri. Bu'n ofni'r sgwrs hon ers wythnosau. Nid cynnig roedd Azis, ond gorchymyn.

'Rwyt ti wedi tyfu'n fachgen cryf ac wedi hen arfer â bod yn y mynyddoedd. Beth yw dy ateb?'

Roedd Hani wedi llwyddo i osgoi ateb y cwestiwn tan y diwrnod hwn, ond nawr cofiodd eiriau olaf ei nain. 'Teimlaf yn wylaidd wrth feddwl am dderbyn cynnig personol gan arweinydd sy'n cael ei edmygu gymaint â chi.' Tynnodd anadl ddofn cyn mentro. 'Ond rhaid imi ystyried fy nheulu. Does gan fy mam ddim digon o arian i fwydo pawb. Rydym wedi colli nifer o anifeiliaid dros y flwyddyn ddiwethaf.' Roedd ei geg yn sych a'i lais yn crygu. 'Fi ydi'r penteulu bellach. Dyna pam rydw i am adael yfory i fynd i weithio dros y gaeaf yn Chitral fel bod gan fy mam arian i fagu'r teulu.'

Ymgrymodd ei ben fymryn gan edrych ar y ddaear. Ond roedd ei ysgwyddau wedi sgwario a safai'n falch, er bod ei galon yn curo fel gordd gan y gwyddai ei fod yn pechu Azis yn gyhoeddus. Roedd hwnnw wedi lladd dynion am lai na hyn. Clywai adar yn crawcian a murmur pobl yn dod o gyfeiriad y farchnad. Arhosodd Azis am eiliadau hir cyn ateb.

'Penderfyniad aeddfed a doeth,' meddai'n ofalus gan chwilio am fodd iddo adael heb golli wyneb na pheryglu mab un o'i filwyr – a'i ffrind – gorau. 'Felly byddi'n gallu sicrhau bod dy dri brawd yn tyfu'n gryf ac yn ymuno gyda ni yn y dyfodol.'

Gwthiodd ei sodlau i ystlys y ceffyl er mwyn parhau gyda'i daith, a dilynodd y ddau farchog arall ef. Erbyn i'r llwch setlo nid oedd golwg o Ayman, ac anelodd Hani am adref.

Hedfanai adar y lama gaias yn urddasol araf a diymdrech uwchben y dref gan droelli wrth chwilio am y gwyntoedd cynnes o'r ddaear i'w helpu i ddringo. Roedd y rhain yn adar mawr – ymestynnai eu hadenydd cyn lleted â thaldra dyn – a châi eu plu brown a gwyn eu hedmygu'n fawr gan yr helwyr.

Oddi tanynt, roedd y tri marchog yn dringo'r llwybr cul o'r dref. Siaradodd Azis gyda'i ddau gyd-deithiwr, er bod ei gefn tuag atynt.

'Roedd ei dad yn un o'r rhyfelwyr dewraf imi gael y fraint o ymladd wrth ei ochr erioed. Fe arbedodd fy mywyd ddwywaith. Cefnodd ar yr ymdrech ar ôl i'r Rwsiaid adael, heb sylweddoli fod gelyn arall yn ein hwynebu.' Nid atebodd yr un o'r ddau. Prin iawn oedd yr adegau pan wrthwynebai unrhyw un gais gan Azis a chadw'i ben. 'Ond roedd wedi ennill yr hawl i ddewis beth i'w wneud gyda'i fywyd, ac felly fe gaiff ei deulu lonydd hefyd.'

Pan arhosodd yr arweinydd i orffwys ei geffyl cyn cychwyn trwy'r eira, roedd y ddau farchog arall yn ysu am gyfle i dynnu ei sylw.

'Edrychwch. Mae awyrennau'r Americanwyr yn hedfan yn is bob dydd. Dwi wedi gweld pump ohonyn nhw y bore yma,' meddai Jehangir, yr hynaf.

'Maen nhw'n paratoi ar gyfer cyrch,' atebodd Azis yn ofalus gan ddal i feddwl am fab ei hen gyfaill. 'Disgynnodd un o'u hawyrennau robot i'r ddaear yn y dyffryn acw echdoe.' Sylweddolodd iddo fod yn dawel yn rhy hir. Ni thalai i ddangos gwendid i neb, yn enwedig ei ryfelwyr ei hun.

'Dwi eisiau i chi sicrhau fod ein hamddiffynfeydd yn barod a bod pawb nad yw ar ddyletswydd yn cysgu yn yr ogofâu.' Trodd i'w hwynebu. 'Gofalwch fod y rocedi newydd wrth law rhag ofn y bydd rhai'n ddigon ffôl i hedfan yn rhy isel. Jehangir, dwi am i ti gymryd gofal arbennig o hynna.' Cyfeiriodd gyda'i reiffl tuag at ochr bella'r dyffryn. 'Dwi eisiau dau griw profiadol yn gwersylla bob nos o hyn ymlaen gyda'r rocedi, yn y fan acw o dan y grib.' Pwyntiodd gyda'r reiffl eto. 'Dylai'r criw arall fod bum milltir yn is i lawr y dyffryn, ac maent i gadw mewn cysylltiad trwy ddefnyddio gwydrau a phelydrau'r haul. Dim byd ar y radio.'

'Fysa'n syniad da i ni rybuddio'r trigolion?' gofynnodd Javed.

Oedodd Azis gan syllu ar y dref islaw cyn ateb. 'Na, dwi ddim eisiau codi ofn ar neb,' atebodd. 'A beth bynnag, does yr un lle arall iddynt gysgodi, gyda'r gaeaf ar ein gwarthaf.' Pwyntiodd at Javed. 'Cofia gadw dy gamera fideo'n lân, gyda batri a ffilm yn barod ynddo. Dyna ein harf beryclaf erbyn hyn.'

Crawciodd dau aderyn du oddi ar garreg gerllaw. Syllent ar y tri rhyfelwr gan ddal eu pennau'n gam, a'u llygaid tywyll fel pwll yn yr afon ganol nos. Daliai'r adar eraill i hedfan uwchben y dref mewn cylchoedd diog, wrth i gorff yr hen wraig gael ei gario'n dawel i'w bedd, a dorrwyd yn fuan wedi'i marwolaeth.

Roedd y stryd yn llawn wrth iddi gael ei hebrwng i'r fynwent gan ei theulu a'i chymdogion. Ymestynnai'r galarwyr eu dwylo i gyffwrdd â'r corff, a rwymwyd mewn blanced wen, cyn sibrwd wrth iddi gael ei throsglwyddo'n dawel ar ysgwyddau'r dorf tua'i bedd.

Croesi'r Bwlch

Yn dilyn angladd ei mam roedd Ayub wedi methu'n lân â chysgu. Erbyn y bore roedd ei llygaid yn cosi ac wedi chwyddo; roedd wedi blino'n llwyr, ond ofnai aros yn llonydd am eiliad. Daliai i glywed llais ei mam, a difarai nad oedd hi yno i rannu'i munudau olaf. Roedd y diwrnod cynt yn boenus o fyw, a'r bore hwn roedd ei mab ar fin gadael. Ers iddi godi roedd wedi cadw'i hun mor brysur â phosibl.

Wrth ei gwylio'n gweithio, clywai Hani eiriau ei dad, Ehdi yn ei feddwl. Roedd ei fam fel petai'n dawnsio o un cornel ei chartref i'r llall. Gosododd y bwrdd ar gyfer brecwast. Sythodd ei baban, oedd wedi rowlio ar ei ochr, cyn troi'r cawl oedd yn ffrwtian uwchben y tân a phlygu pentwr o ddillad oedd newydd gael eu golchi.

'Cofia, dy fam yw'r sment sy'n dal ein teulu wrth ei gilydd,' roedd ei dad wedi dweud wrtho un tro wrth gasglu coed a thail yak sych o'r stordy. Y pnawn hwnnw, a Hani bron yn ddeg, roedd ei dad wedi dychwelyd yn hwyrach nag arfer o'i waith yn y caeau, gan rwbio'i wddf yn flinedig. Eisteddodd fel y gwnâi bob pnawn, yn yfed te melys gyda'i gefn at y wal yn y gornel bellaf oddi wrth y drws. Yno gallai wylio'i deulu wrth hanner darllen hen bapur newydd o'r ddinas neu un o'i lyfrau oedd yn cael eu cadw ar silff bren o'i waith ei hun. Hoffai wneud hynny bob nos, gan holi pawb yn eu tro am hynt a helynt eu diwrnod. Roedd yn barod ei groeso i unrhyw un o'i blant oedd wedi cael cam gan frawd neu chwaer, neu am geryddu un arall oedd wedi mynd dros ben llestri. Ond ni fyddai'n rhaid dweud y drefn yn aml. Roedd un edrychiad ganddo'n ddigon. Hon oedd ei gornel, a feiddiai neb arall eistedd yno.

Roedd Hani wedi sylwi ei fod yn pendwmpian. Gofynnodd ei wraig iddo nôl mwy o danwydd i'r tân, yna cododd ei llais gan nad oedd wedi ateb y tro cyntaf, na'r ail, na'r trydydd. Gwylltiodd hithau.

'Cwyd ar dy draed, neu bydd y tân wedi hen ddiffodd!' Roedd blinder wedi codi cur pen drwg ynddi drwy'r dydd. 'Ti'n rhy barod i ddiogi ar ôl dod adref tra bod pobl eraill yn gorfod dal ati i weithio,' meddai, gan gnoi'i thafod wrth sylweddoli iddi fynd rhy bell. Ond, fel arfer, roedd yn rhy falch i gydnabod hynny

Cododd Hani ar ei draed. 'Mae Dad yn gweithio'n ddigon caled, gadewch iddo gael gorffwys! 'Dan ni i fod i ddangos parch tuag ato,' mentrodd, gan gofio geiriau'r athro crefyddol yn y *medressa*, a bregethai droeon mai dyletswydd merched oedd ufuddhau i'r dynion.

Cododd Ehdi o'i gornel a chamu at ei fab hynaf gan ei godi oddi ar y llawr a'i gario allan o'u cartref cyn i Hani gael cyfle i droi'i ben. Gwelodd ddicter yn wyneb ei dad, ac ofnai ei fod am gael ei guro ganddo am y tro cyntaf erioed. Ond tynnodd Ehdi anadl ddofn cyn gosod ei fab ar y ddaear, ac amneidio arno i'w ddilyn.

'Fase'r teulu yma'n ddim oni bai am dy fam.' Rhwbiodd wallt ei fab yn chwareus. 'Paid â chymryd sylw o'r ffordd mae merched yn cael eu trin gan bobl eraill yn y dref, na'r straeon glywi di yn y *medressa*.' Gwelodd yr ofn ar wyneb ei fab pan gyfeiriodd felly at yr ysgol grefyddol. 'Os cei di drafferth, dwed wrthyn nhw am ddod i gael gair efo fi.' Gwenodd ar ei fab, gan estyn am y darnau o bren sych a bentyrrwyd yn ofalus wrth ochr y tŷ. 'Cofia di hyn. Yn ein cartref ni mae pawb yn gyfartal. Fues i ddim yn ymladd am dros ddeng mlynedd er mwyn gadael i estroniaid gymryd drosodd ein tref na dweud wrthym sut i fyw.'

Safai Hani gyda'i freichiau'n grud o'i flaen wrth i'w dad bentyrru'r tail a'r coed arnynt. 'Ond chi sy'n gwneud y gwaith caled,' mentrodd. ''Dach chi allan yn y caeau o'r bore bach nes iddi dywyllu, bob dydd!' meddai gan bwysleisio'r geiriau olaf.

Chwerthin yn dawel wnaeth ei dad. 'Felly pwy sy'n paratoi'r brecwast, gofalu fod dy chwiorydd a'th frodyr wedi molchi a'u gwisgo ac yn cyrraedd yr ysgol mewn pryd?' gofynnodd. 'A pwy fydd adref wedyn yn glanhau'r tŷ, golchi'r dillad a thrwsio'r rhai sy wedi rhwygo neu dreulio?' Ceisiodd Hani agor ei geg i ateb ond daliodd ei dad i siarad.

'Ar ben hynna mi fydd hi'n paratoi cinio a the ac yn mynd i siopa, heb sôn am fynd o amgylch tai ein cymdogion hŷn i'w helpu.' Ysgydwodd ei ben gan wenu. 'Dim ond ei helpu hi rydw i, wyddost.

A dyna mae gweddill dynion y dref a'r ardal hon yn ei wneud gyda'u gwragedd nhw, dwi'n credu. Biti na fase ambell un o'r capiau gwyn yn deall hynny.'

Cyfeirio'r oedd at yr arweinwyr crefyddol teithiol. Roedd y rheiny wedi mynnu ers blynyddoedd fod pob dyn yn gwisgo barf, na ddylid gwrando bellach ar gerddoriaeth, a bod merched yn gorfod cuddio'u cyrff o'u corun i'w sawdl â dillad.

'Mi ddaw tro ar fyd eto, a fydd y capiau gwyn ddim mewn grym am byth,' meddai Ehdi wrth daro'r coed tân yn galed ar ben ei gilydd.

Rhwbiodd Hani ei ben yn ffyrnig i'w ddeffro o'i freuddwyd, a throdd gan hanner disgwyl gweld ei dad yn ei gadair, ger ei lyfrau yn y gornel, ond roedd honno'n wag fel arfer. Aeth allan rhag dangos ei deimladau. Arhosodd fel delw am funudau hir, er gwaetha'r oerfel, yn ceisio rhoi trefn ar ei feddwl dryslyd.

'Bore da. Ti wedi codi'n gynnar,' meddai Mashtaq, pregethwr eu pentref, wrth frasgamu tuag ato. Synnodd Hani ei weld gan fod ei gartref ym mhen arall y dref. Fel arfer, siaradai gydag ef mewn Pashto clasurol, fel pan bregethai, yn hytrach na defnyddio mamiaith y ddau sef Khowar, tafodiaith yr ardal.

'Rwy'n deall dy fod yn gadael am ddinas Chitral heddiw? Penderfyniad anodd.' Erbyn hyn roedd yn sefyll wrth ochr Hani, wedi'i wisgo'n daclus yn y wisg wen laes a fradychai'r ffaith nad oedd yn mynd ar gyfyl y caeau, y farchnad na'r anifeiliaid a oedd yn cynnal y dref. 'Fe fydd hi'n daith anodd iti,' mentrodd Mashtaq. Nid atebodd Hani, dim ond edrych ar y llawr gan ddal i feddwl am ei dad.

'Mae mosg newydd yn Chitral,' meddai'r pregethwr gan godi'i lais a gwenu. Gosododd ei law ar ysgwydd y bachgen. 'Dylset alw yno ar dy union wedi cyrraedd. Bydd llety, bwyd a chyngor yno ar dy gyfer, a lle diogel a thawel iti addoli gyda ffrindiau da imi.'

Trodd Hani i wynebu'r pregethwr oedd wedi bod yn gyfrifol am ei addysg er pan oedd yn blentyn. Ni fedrai gyfaddef beth oedd ar ei feddwl.

'Rwyt ti'n edrych yn bryderus iawn.' Er ei fod yn ceisio ymddangos yn hamddenol, roedd Hani'n amau fod Mashtaq wedi bod yn aros amdano y tu allan i'w gartref. Dyma'r tro cyntaf iddo'i weld yn y rhan hon o'r dref mor fore. A oedd Ayman hefyd yn disgwyl amdano, tybed? Neu yn rhywle gerllaw?

'Dwi ddim yn deall pam fod yn rhaid i mi adael.' Ysgydwodd ei ben a lledu'i freichiau. 'Y cyfan dwi eisiau'i wneud ydi ffermio a bugeilio anifeiliaid fel fy nhad. Pam fod yn rhaid i bopeth newid fel hyn?'

Camodd Mashtaq yn nes at ei ddisgybl disgleiriaf. Oni bai am deyrngarwch y bachgen i'w deulu, buasai wedi cael cyfle i astudio ymhellach.

'Mae yna newidiadau mawr ar droed.' Nodiodd ei ben yn ddwys. 'Rydym ar drugaredd grymoedd mawr y tu hwnt i'n dirnadaeth ni.' Cododd ei lais fel petai'n pregethu. 'Caewyd y llwybrau masnachu gyda'n cefndryd yn y dyffrynnoedd acw ac, fel y gwyddost, roedd hynny'n ergyd fawr.' Cododd ei law a chyfeirio at y mynyddoedd. 'A phrin iawn ydi'r ymwelwyr a'r dringwyr sy'n dod i'r rhan hon o'r byd erbyn heddiw. Felly dy dynged di ydi mynd i chwilio am waith, a phan fydd arian gennyt, a'r sefyllfa wedi gwella, cei ddod adref a mwynhau'r bywyd yma unwaith eto.'

Estynnodd ei law tuag ato gyda darn o bapur wedi plygu'n ofalus ynddi. 'Nawr, dyma gyfeiriad y mosg a llythyr i ti ei roi i'r prif bregethwr yno.' Gafaelodd yn llaw Hani a gosod y papur ynddi. 'Gwranda di ar bopeth mae'n ei ddweud wrthyt. Mae yntau'n hen gyfaill imi. Cred yn Allah. Dos gydag Allah, fy mhlentyn.' Gyda hynny trodd ar ei sawdl a cherdded at yr afon a chyfarch cymydog, gan adael Hani i syllu ar ei ôl.

Edrychodd Hani o'i amgylch eto gan graffu lawr pob stryd, ond ni welai Ayman yn unman. Dim ond ei gweld am eiliad, dyna'r oll oedd ei angen arno. Ond ni feddiai fentro i'w chartref i geisio cael cip arni.

Trodd i edrych eto tua'r mynydd gan wybod fod rheswm yng ngeiriau Mashtaq. Sylwodd fod yr eira wedi ymgripio i lawr y llethr yn nes i'r dref dros nos, ac na fyddai'n hir cyn tagu popeth. Gwelai'r bugail yn cerdded yn araf i fyny'r llethr gan bwyso ar ei ffon, a gafr fach ddu yn rhedeg o'i flaen. Yn uchel yn yr awyr gwelai gymylau tenau gwyn, oedd yn ddim mwy na darnau o wlân dafad wedi'u dal ar bigau llwyn. Ond byddent yn cynyddu'n araf drwy'r dydd, gan rybuddio bod storm ar ei ffordd. Dechreuodd Hani grynu yn yr oerfel. Roedd mwg yn codi'n ddiog yn awyr lonydd y bore bach trwy do ei gartref. Aeth 'nôl i'r tŷ i gynhesu.

Gwenodd ei fam arno wrth iddo wyro i fynd trwy'r drws isel, ac eisteddodd Hani ar unwaith ar glustog wrth y bwrdd pren byr. Gosododd hi blât o'i flaen, a the Jasmin mewn jwg fechan, gyda'r dail yn arnofio ar yr wyneb, ac wrth ochr honno roedd ychydig o siwgr brown mewn soser. Ar yr ochr arall roedd platiau o ddatys sych wedi'u boddi mewn reis a llefrith gafr. Te melys ac ychydig fara oedd ei frecwast fel arfer. Roedd cadach trwchus wedi'i blygu'n ofalus o'i flaen hefyd. Edrychodd arno cyn codi'i wyneb at ei fam.

'Rhywbeth bach i ti ar gyfer dy daith.' Gwenai ei fam arno, gan geisio swnio fel pe bai'n sgwrsio am olchi dillad. Ond roedd crygni'i llais yn ei bradychu.

'Dwi'n gwybod bod gen ti fwyd yn dy fag, ond bydd eisiau rhywbeth arall arnat wrth groesi'r bwlch heddiw.' Gwelodd fod ei mab ar fin gwrthod y bwyd. 'Tyrd, bwyta. Dim byd mawr, ychydig o gig gafr a reis mewn *chappatis*. Dyna'r oll.' I guddio'i chelwydd edrychodd tuag at y tân gan roi proc iddo er nad oedd angen gwneud. 'Dylent gadw'n ffres am ddeuddydd iti. Byddi di yn Chitral erbyn hynny, a gydag ychydig o lwc fydd dim angen . . .'

Tagodd ar ei geiriau. Llyncodd ei phoer yn boenus a throi oddi wrth ei mab eto i sychu'i llygaid. Cododd Hani ar ei union gan osod ei fraich o'i hamgylch a'i gwasgu am eiliad fer, cyn gwyro'i ben a'i chusanu ar ei thalcen.

'Diolch yn fawr iawn, Mam. Rydach chi'n werth y byd.' Roedd yr ychydig fwyd yma'n bryd gwerthfawr iawn i'w deulu a phenderfynodd ei adael ar ôl yn ddirgel pan gâi gyfle, yn anrheg i'w frodyr.

'Peidiwch â phoeni amdana i, Mam.' Gorfododd ei hun i wenu. 'Mi fydda i adre cyn i chi sylweddoli, bron, ac mi wna i sgwennu atoch chi bob wythnos. Bydd popeth yn iawn, gewch chi weld.' Nid atebodd ei fam, gan droi ei chefn ato. Gwelai Hani bod ei hysgwyddau'n ysgwyd yn dawel.

Awr yn ddiweddarach, ar ôl gorffen ei frecwast a mynnu golchi'r llestri yn ôl ei arfer, cychwynnodd ar ei daith yng nghwmni pedwar masnachwr oedd yn gyfarwydd â'r llwybr i Chitral. Roeddent yn tywys dwsin o yak, yr anifeiliaid gwydn oedd wedi addasu i fyw'n uchel yn y mynyddoedd, a cheffylau wedi'u llwytho â halen, crwyn anifeiliaid a dillad wedi'u haddurno'n gywrain.

Ysgwyddodd ei fag defnydd oedd yn cynnwys ei ddillad a'i fwyd, a chlymu'i gostrel ledr i'w felt. Gyda chusan ysgafn, cwtsh tyner a gwên hyderus yn addo cysylltu, roedd wedi ffarwelio â'i fam a'i gymdogion. Roedd ei frodyr a'i chwiorydd wedi dianc i'r caeau i chwarae. Nid oedden nhw'n deall na fyddai'n dychwelyd am fisoedd. Cyrhaeddodd y troad cyntaf yn y llwybr a throi i gael cipolwg olaf dros ei ysgwydd ar ei dref, ond heb stopio cerdded – rhag ofn iddo gael ei demtio i droi 'nôl. Roedd ei fam yn dal i godi llaw arno wrth iddo gamu heibio'r gornel a diflannu o'r golwg.

Buont yn cerdded am dair awr, a chanolbwyntiodd Hani ar y llwybr o'i flaen heb godi'i ben unwaith i fwynhau'r olygfa. Buasai gweld y llethrau cyfarwydd yn graddol newid i fod yn ddieithr yn ei atgoffa o'r ffaith ei fod yn gadael ei gynefin. Erbyn iddynt aros am ginio ganol bore, roedd Hani wedi symud y gostrel ledr i'w fag gan ei bod yn rhwbio'r croen ar ei goes nes bron tynnu gwaed.

Ni ddywedodd neb yr un gair, dim ond tuchan wrth fwyta'n frysiog ac edrych yn ofnus ar y cymylau oedd erbyn hyn yn crynhoi a berwi'n dywyll uwch y llethrau. O fewn munudau roeddent wedi ailgychwyn ar eu taith, a chwysai Hani'n drymach. Roedd y pryder o gael eu dal heb gysgod gan y storm yn eu hannog i gerdded yn gynt. Bron na sylwodd eu bod wedi croesi'r bwlch oedd yn ffin rhwng ardal eu llwyth nhw a'u cymdogion.

Roedd pentwr o gerrig ar ochr y ffordd, a honno'n ddim mwy na llwybr dwfn yn y tirlun llychlyd a charegog. Peintiwyd rhai o'r cerrig yn wyn a chlymwyd baneri amryliw iddynt. Ar y rhain roedd gweddïau a breuddwydion teithwyr a phererinion y gorffennol wedi'u hysgrifennu'n ofalus; dim ond edau'n chwifio yn y gwynt oedd rhai ohonynt bellach. Yn gymysg â'r llwch roedd gweddillion eira'r noson cynt.

Teimlai Hani'r criw yn ymlacio ar ôl croesi'r bwlch uchaf, yn enwedig gan fod hynny'n golygu eu bod dros hanner ffordd i'r pentref lle byddent yn aros y noson honno. Ymlaciodd yntau, gan wthio'i law o dan ei ddillad i deimlo'r pecyn llythyrau gan Ayman a rwymwyd yn ofalus dan ei gesail. Ysai am gael cyfle i'w darllen, er eu bod wedi'u llosgi ar ei gof a'r papur bron wedi treulio'n dwll, gymaint roedd wedi'u byseddu. Roedd pob cam a gymerai ar hyd y llwybr yn mynd ag ef yn bellach oddi wrth ei dref, ei deulu a'i gariad. A meddwl amdani hi a wnâi bob munud, gan weld ei hwyneb yn llygad ei feddwl. Tra bu'n synfyfyrio ni sylwodd ar yr hyn oedd yn digwydd o'i amgylch, er gwaethaf gweiddi'r dynion. O fewn munudau roedd plu eira'n addurno dillad Hani a'i gyd-deithwyr, a phan deimlodd ddafnau'n rhedeg i lawr ei wddf a'i gefn deffrodd ac ni chafodd gyfle i freuddwydio ymhellach.

Rhaid bod yr anifeiliaid wedi clywed y perygl eiliadau cyn i'r dynion wneud hynny. Sgrechiodd pum awyren heibio mor isel nes y gallai Hani fod wedi'u taro â charreg. Teimlai fel pe bai cyllell wedi'i thrywanu trwy'i glustiau i ganol ei ben. Gwelodd un o'r peilotiaid, oedd yn gwisgo helmed wen a mwgwd du'n gorchuddio'i lygaid a hanner uchaf ei wyneb. Roedd dwy fflam oren yn dilyn pob awyren. A hwythau wedi'u peintio'n ddu, edrychent i Hani fel Jinn, diafol y mynydd, wedi dod i'w nôl.

Stranciodd un ceffyl yn wyllt nes rhwygo'r awenau o ddwylo gwaedlyd ei berchennog cyn llamu dros ochr y dibyn. Aeth eiliadau hir heibio cyn i'r ceffyl daro'r ddaear a llithro i'r afon dros fil o droedfeddi islaw. Atseiniai eco'i weryru truenus oddi ar y creigiau uchel, gan gynhyrfu'r ceffylau eraill yn waeth.

Cymerodd funudau hir, peryglus ac anodd i Hani a'r pedwar masnachwr reoli a phwyllo gweddill yr anifeiliaid. Erbyn hynny roedd yr eira'n disgyn yn drwchus a'r gwynt yn ei chwipio i'w llygaid. Prin y medrai Hani weld y ceffyl o'i flaen, heb sôn am fedru siarad â neb. Roedd yn frwydr i gadw ar y llwybr yn nannedd y storm, ac nid oedd cyfle i feddwl i ble'r oedd yr awyrennau oedd wedi eu dychryn yn teithio.

Y Dewis

Suddai'r awyren ryfel yn is ar ei holwynion wrth i'r bomiau dur gael eu bwydo i'w chrombil. Dan ei hadenydd, glynwyd rocedi a allai ddinistrio tanc. Stwffiwyd bwledi trymion a wnaed o wastraff ymbelydrol i'w gynnau. Chwistrellwyd cannoedd o alwyni o betrol i'w thanciau, a'r tanwydd hwnnw wedi'i greu o'r olew a sugnwyd o'r ddaear o dan yr un anialwch. Er gwaethaf oerfel y bore roedd dwylo Jon Clark yn chwysu yn ei fenig lledr. Gafaelent yn llyw'r awyren i guddio'r cryndod wrth i'r peirianwyr gloi ffenest y caban amdano cyn codi bawd a neidio i lawr yr ysgol yn ôl i'r ddaear. Trwy ei helmed clywai ruo rocedi'r awyrennau eraill yn cychwyn.

'Ti'n barod, Jon?' gofynnodd Carl Webster o'r sedd tu ôl iddo. Roedd offer a chyfrifiaduron drud yn eu gwahanu. 'Roeddet ti'n edrych braidd yn flinedig amser brecwast. Fawr o archwaeth?'

Tynnodd Jon anadl ddofn cyn ateb. 'Na, dim ond noson wael arall o gwsg.' Gwasgodd ei ddwylo'n ddyrnau tyn. 'Ti'n gwybod sut mae hi, y noson cyn cyrch,' meddai gan geisio cuddio'r cryndod yn ei lais trwy ddal y meic yn rhy agos i'w geg.

'Amen i hynna, frawd,' atebodd Carl, wedi ymgolli yn ei waith o fwrw golwg ar bob cloc, deial a chyfrifiadur o'i flaen.

Daethai'r ddau'n ffrindiau da er gwaetha'u cefndiroedd gwahanol. Glaniodd cyndeidiau Carl yn America yn fuan ar ôl y *Mayflower*, gan wneud ffortiwn wrth fasnachu mewn tybaco a chotwm – cyfoeth roedd ei deulu'n dal i'w mwynhau bron i bedair canrif yn ddiweddarach. Cafodd yntau ran mewn nifer o ffilmiau pan oedd yn ei arddegau gan ddod yn dipyn o seren, ond pylodd honno. Ymunodd gyda'r awyrlu y bore ar ôl ymosodiad 9/11.

'Mae'n rhaid i bawb wneud ei ran i amddiffyn America,' meddai, pan gafodd ei holi yn swyddfa recriwtio'r awyrlu. 'Fedrwn i ddim byw yn fy nghroen o wybod bod terfysgwyr yn ymosod ar ein gwlad a finna'n gwneud dim byd i'w rhwystro,' ychwanegodd wrth gael ei ffilmio gan orsaf newyddion yn arwyddo'r dogfennau.

Ond roedd ambell un o'r peilotiaid eraill yn dweud yn ei gefn mai cynllun i geisio ailgychwyn ei yrfa actio oedd hyn. Beth bynnag y gwir am hynny, bu Carl yn gymorth mawr i Jon wrth iddo ddelio â'i hunllefau a'i yfed.

Yn y munudau a gymerwyd i fwrw golwg dros glociau'r caban, gwawriodd pelen oren dros y pebyll. Tynnodd Jon ei faneg yn ôl oddi ar ei arddwrn a fflachiodd ei oriawr yr amser arno, yr oriawr a oedd wedi costio cyflog dau fis iddo yn Dubai – hen ddigon i brynu car adref.

Aeth trwy'r camau diogelwch cyn tanio'r ddwy roced gyda'i fawd a llywio'r awyren i ymuno â'r rhes ddisglair, ddisgwylgar, oedd yn barod i ruo i'r awyr. O fewn munudau roedd yn dringo i ugain mil o droedfeddi uwchben yr anialwch cyn troi i'r gogledd a chroesi Môr Arabia. Yn fuan daeth tirlun llwm Pacistan i'r golwg wrth i'r cur yn ei ben waethygu, er bod y sbectol haul dan ei helmed yn gwarchod ei lygaid. Roedd yn un o bump F15 Strike Eagle, awyrennau diweddaraf America, yn dilyn ei gilydd fel hwyaid bychain ar ôl eu mam. Gorchuddiwyd logo arferol yr awyrlu â phaent du. Y cyfan a welai Jon o'r awyren o'i flaen oedd fflamau'r ddwy roced bob ochr i'w chynffon.

'Rydych am fomio canolfan hyfforddi terfysgwyr Al Qaeda a'r Taliban yn yr Hindu Kush,' meddai'r cyrnol dienw wrth eu paratoi ar gyfer y cyrch. 'Byddwch yn diogelu ein milwyr ni trwy ladd y terfysgwyr hyn.' Bron nad oedd yn pregethu, nid rhoi gorchymyn, yn y babell fyglyd lle roedd pob wal wedi'i gorchuddio â mapiau a lluniau lloeren du a gwyn.

'Cyrnol, fe allai'r delweddau a'r dadansoddiad ohonynt fod yn anghywir. Beth os mai dim ond ymweld â'r derf mae'r rhyfelwyr yma?' gofynnodd Jon wrth astudio'r lluniau. Yn y ffotograff lloeren gwelai dref gyffredin a rhyw hanner dwsin o farchogion arfog yn y canol. Rhyfeddai fod modd gweld yr arfau ar eu cefnau.

'Cafodd y lluniau eu hastudio'n fanwl gan arbenigwyr,' meddai'r cyrnol gan ledu'i freichiau, 'a gyda gwybodaeth gyfrinachol na fedra i mo'i rhyddhau i chi, dyma'r penderfyniad.'

'Ond Cyrnol, beth os ydi'r trigolion eraill ddim yn derfysgwyr?' mynnodd Jon wrth bwyso ymlaen yn ei sedd. 'Efallai mai dim ond byw yno maen nhw, a'u bod yn gwbl ddiniwed.'

'Does neb yn ddiniwed yn y rhan hon o'r byd,' cyfarthodd y cyrnol. 'Neb.'

Sylwodd Jon nad oedd hwnnw'n gwisgo bathodyn enw fel pob swyddog arall. Roedd ei lifrai'n edrych yn rhy lân iddo fod wedi'u gwisgo bob dydd yn yr anialwch.

'Nid dyma fysa'r tro cyntaf i ni fomio'r dref anghywir,' mynnodd Jon.

'Sut yn y byd ti'n meddwl fod bin Laden wedi aros yn rhydd yr holl amser?' gofynnodd y cyrnol yn wawdlyd. 'Mae pawb yn ei gefnogi, mae pob copa walltog yr un mor euog â'i gilydd.' Pwyntiodd at lun o bin Laden ar y bwrdd du. 'Dylai dyn o Saudi Arabia sy'n chwe throedfedd a phum modfedd o daldra, ac yn siarad dim ond Arabeg, fod yn hawdd i'w adnabod ym Mhacistan, Kazakhstan neu ba bynnag -stan arall mae'n cuddio ynddo,' gwaeddodd. 'Ond na. Pam? Oherwydd bod y boblogaeth yn ei gefnogi.' Roedd dau farc tywyll wedi ymddangos o dan geseiliau'r cyrnol erbyn hyn. 'Felly maen nhw hefyd yn darged cyfreithlon. Unrhyw un sy'n cefnogi neu'n cynorthwyo'r terfysgwyr a ymosododd ar Efrog Newydd.'

Cododd Jon fap. 'Tref ym Mhacistan ydi hon, tua tri deg milltir o'r ffin gydag Affganistan. Fedrwn ni ddim ymosod arni.' Gollyngodd y map ar y ddesg fechan o'i flaen. ''Dan ni ddim mewn rhyfel yn erbyn Pacistan, na'i phobl.'

Roedd y peilotiaid eraill wedi hen arfer â

chwestiynau Jon, ond roedd wyneb y cyrnol yn goch.

'Ardal y Taliban ydi hon, dallt? Iesu Grist, be wyt ti, newyddiadurwr?' Cythrodd mewn darn o bapur gyda sêl yr Unol Daleithiau arni. 'Mae'r Arlywydd, dy ben-gadlywydd di, rhag ofn dy fod wedi anghofio, wedi arwyddo Gorchymyn Arlywyddol yn caniatáu ymosodiadau arni.'

Syllodd Jon i fyw llygaid y cyrnol. 'Ac wrth gwrs, tydi o erioed wedi gwneud camgymeriad, nac ydi, syr?' mentrodd Jon, ac ychydig yn dawelach, ond yn ddigon uchel i bawb ei glywed, dywedodd 'a gyda'i brofiad helaeth ef o ryfela, 'di hynny ddim yn syndod.'

Camodd y cyrnol yn ôl at y bwrdd lle roedd gweddill ei bapurau, er bod ei lygaid wedi'u hoelio ar Jon.

'Dwi wedi gwneud fy ngwaith yn dadansoddi'r lluniau.' Pwyntiodd at y peilotiaid. 'Eich gwaith chi ydi bomio'r ganolfan hyfforddi Al Qaeda yna, a phob terfysgwr ynddi, 'nôl i Oes y Cerrig.' Cododd ei gap a phwyntio at yr eryr ar goler ei grys. 'Dy le di, Capten,' meddai gan bwysleisio'r gair olaf yn fygythiol, 'ydi ufuddhau i orchmynion dy benaethiaid. Fi.'

Dewis syml oedd gan Jon. Gwrthwynebu'r gorchymyn a wynebu llys milwrol a chael ei garcharu am fisoedd os nad blynyddoedd am lwfrdra, a cholli popeth y gweithiodd mor galed amdano er pan oedd yn blentyn, neu dderbyn y gwaith, cau ei lygaid a gwasgu'r botwm. Unwaith eto penderfynodd ddilyn y llwybr hawsaf.

Nid dyma'r tro cyntaf iddo amau pwrpas eu cyrchoedd, a gwyddai fod uwch-swyddogion yn cadw golwg ofalus arno. Ond ar hyn o bryd roedd prinder peilotiaid, felly roedd yn rhaid ei anfon mewn awyren gwerth $30 miliwn, oedd yn defnyddio technoleg llongau gofod, er mwyn gollwng bomiau gwerth miloedd o ddoleri ar gartrefi pridd a marchogion arfog oedd yn amddiffyn eu gwlad.

Roedd gan Jon amheuon cryf ynghylch y rhyfel, ac nid dim ond am y ffaith iddo gael ei fagu fel Moslem. Ymfudodd teulu ei dad i America o'r Aifft pan oedd yn bump oed. Magodd ei unig fab yng nghrefydd y teulu yn y wlad estron, ac yntau'n ŵr gweddw ar ôl marwolaeth ei wraig, a hanai o Iran, mewn damwain car.

Oherwydd profiadau ei blentyndod, roedd Jon yn ofni na allai byth gydnabod ei grefydd. Roedd bod yn fachgen tywyll ei groen mewn pentref ger Houston yn hunllef. Un teulu croenddu arall oedd yn byw yn y cyffiniau, a llechai hiliaeth dan yr wyneb arwynebol gyfeillgar. Ond roedd cydnabod mai Mohammed ei enw oedd a'i fod yn Foslem yn ei wneud yn fwy o gocyn hitio.

Wedi iddo orfod newid ysgol ar ôl rhoi slap i ddisgybl oedd yn ei wawdio, newidiodd ei enw'n ddistaw bach i Jon ac anghofio nodi'i grefydd ar ei record ysgol. Gwnaeth hynny ei fywyd ychydig yn haws, ond ddim llawer, nes iddo ddangos talent ar y meysydd chwaraeon. Chwaraeodd ran allweddol wrth i'r ysgol gipio pencampwriaeth pêl-fasged y dalaith ddwy flynedd o'r bron. Os gweithiodd yn galed ar y cae, fe dreuliodd oriau lawer hefyd dros ei lyfrau, gan addo iddo'i hun na fyddai'n gorfod gwadu pwy ydoedd byth eto. Ond nid yr awyrlu adeg rhyfel yn erbyn Moslemiaid oedd y lle i gydnabod rhai ffeithiau chwaith.

Rhybuddwyd ef gan gyfrifiadur yr awyren ei fod wedi cyrraedd hanner ffordd. Dangosai'r cloc eu bod ar amser ac y dylent fod uwchben y dref erbyn canol pnawn, gyda digon o olau dydd i fedru glanio'n ôl yn y maes awyr cyn iddi nosi. Teimlai'n swp sâl. Roeddent uwchben afon Indus a byddent yn dilyn hon am y rhan nesaf o'r daith. Nid oedd yn rhaid poeni am awyrennau'r gelyn gan nad oeddent yn bodoli.

Roedd un o'r peilotiaid eraill wedi dweud ei fod yn edrych ymlaen at ddial ar y rhai oedd yn gyfrifol am ymosod ar Efrog Newydd ar Fedi'r 11eg, trwy fynd ar y cyrch. Ni wyddai Jon pwy oedd yn dial ar bwy erbyn hyn. Ar ei benwythnos rhydd diwethaf, aethai i'r Phillippines. Rhannodd gwrw amser brecwast gyda chriw o filwyr y llynges mewn bar tywyll lle dawnsiai merched hanner noeth oedd wedi hen ddiflasu ar eu gwaith, a neb yn cymryd sylw ohonynt. Adroddodd milwr tenau, oedd prin yn medru meithrin y blew golau ar ei wefus uchaf, hanes dau o'i ffrindiau. Er bod ei dafod yn dew, roedd pentwr o luniau ganddo i liwio'i stori.

'Roedd ffotograffydd swyddogol ar y cyrch diwethaf,' meddai, 'ond chafodd y lluniau erioed mo'u cyhoeddi. Rhy waedlyd i'r gynulleidfa 'nôl adre, mae'n debyg,' ychwanegodd, gan godi'i ysgwyddau a rowlio'i lygaid. 'Gyrru trwy bentref i'r dwyrain o Baghdad oeddan ni. Mi ffrwydrodd bom oedd wedi'i gladdu dan y ffordd.' Siaradai fel petai'n disgrifio cynnwys basged siopa, ac roedd ei sylw ar ei botel gwrw. 'Rhwygwyd y lorri'n ddau ddarn ac roedd yn wenfflam. Mi lwyddon ni i dynnu'r gyrrwr o'r goelcerth. Ond roedd ei goesau wedi chwalu.' Llymaid arall o gwrw.

'Trwy lwc roedd y fflamau wedi llosgi'r cnawd yn ddu, ac mi wnaeth hynny atal y gwaedu. Mi fysa hynny wedi'i ladd mewn munudau.' Ysgydwodd ei ben. 'Ogla ofnadwy. Fedra i ddim diodda arogl cyw iâr rŵan, Capten,' meddai gan edrych ar Jon. 'Y cyfan oedd yn weddill oedd stwmps esgyrn ei ddwy goes lle dylai ei bengliniau fod. Llosgwyd ei ddwylo'n golsyn.

'Mi sgrechiodd nes i ni ei bwmpio'n llawn o gyffuriau a'i anfon i'r ysbyty. Yn anffodus i'r cradur, mi lwyddodd y meddygon i'w gadw'n fyw. Roedd o'n uffar o chwaraewr pêl-droed ar un adeg.' Gwagiodd y milwr botel arall wrth baratoi i orffen ei stori yn y bar tywyll.

'Ond roedd y milwr arall yn y lorri mewn cyflwr gwaeth fyth,' meddai gan ysgwyd ei ben wrth gofio'r olygfa. 'Hongiai un llygad wrth ei drwyn, gyda dim ond gwythïen a nerfau'n ei hatal rhag disgyn i'r llawr. Roedd hanner ei benglog wedi agor yn dwt fel tun o ffrwythau, nes bod yr ymennydd fel pwdin reis hefo ambell lwyaid o jam wedi cymysgu ynddo.' Ochneidiodd. ''Dach chi'n gwybod be dwi'n ddifaru fwy na dim?'

Ysgydwodd Jon ei ben.

'Dwi'n difaru na wnes i roi bwled ym mhen y ddau yn y fan a'r lle. Mae'r gyrrwr bellach mewn ysbyty gofal dwys yn Fort Worth ac yn gorfod cael nyrsys i wneud popeth drosto. Popeth. Pa fath o ffordd ydi hynna i ddyn fyw?' gofynnodd, ac am y tro cyntaf roedd golwg boenus ar ei wyneb.

'A dim ond corff yn anadlu hefo cymorth peiriant mewn ysbyty yn Pennsylvania ydi'r llall. *Semper fi,*' meddai gan daro'i botel yn erbyn un Jon.

'Anodd anghofio am anafiadau i ffrindiau,' cydymdeimlodd Jon.

'Ddim felly,' atebodd hwnnw. 'Achos mi wnaethon ni ddal y rheiny oedd yn gyfrifol a'u cosbi.' Gwenodd. 'Wel, mi gafodd rhywun ei gosbi, ac Arabs yden nhw i gyd, yndê? Mi daflon ni fomiau llaw i mewn i bob tŷ yn y pentref, cyn mynd i mewn a saethu unrhyw beth oedd yn symud.' Chwibanodd a hanner chwerthin. 'Doedd neb yn symud ar ôl hynna, coeliwch chi fi,' meddai. 'Llygad am lygad ydi'r unig ffordd. Dyna un peth dwi wedi'i ddysgu gan yr Arabs.'

Dangosodd y lluniau hynny i Jon ar ei ffôn. Pwysodd yn agos fel pe bai'n rhannu cyfrinach fawr; roedd ei anadl yn ddigon i feddwi Jon, ac arogl sigaréts a chwys yn dew ar ei lifrai.

'Mi wnaethon ni anfon y ffotograffydd swyddogol yn ddigon pell oddi yno erbyn hynny,' meddai gyda winc. Seriwyd y lluniau fideo crynedig ar gof Jon am byth.

Roedd drws un tŷ wedi'i hollti'n ddau a waliau'r

ystafell fyw tu hwnt yn smotiau tywyll o waed. Gorweddai dynes ar y llawr, ac o dan ei chorff ymwthiai dwylo a thraed bychain i'r golwg – roedd wedi ceisio'n ofer i'w hachub. Gwelodd y milwr trwy gymylau ei feddwdod y dryswch a'r syndod ar wyneb Jon.

'Arab da 'di Arab marw; mae'r merched yn magu plant, a phlant yn tyfu'n ddynion,' canodd y milwr wrth archebu cwrw arall, cyn dweud gyda syndod yn ei lais, 'rhyfedd na wnaeth neb saethu 'nôl chwaith.' Taflodd y botel gwrw wag dros ei ysgwydd a gafael yng nghoes un o'r merched oedd yn dawnsio ar y bwrdd.

'Hei, Jon, ti am wneud rhywbeth bore 'ma neu ti am i mi hedfan yr awyren?' gofynnodd Carl ar y radio mewnol.

Atebodd Jon yn ddiamynedd. 'Mi orffennodd Pam efo fi neithiwr; mae gen i lot ar fy meddwl,' meddai, gan obeithio y byddai hynny'n sicrhau awr arall o ddistawrwydd iddo. Suddodd Carl yn ei sedd heb fentro yngan gair arall.

Glaniodd y pum awyren mewn maes awyr cudd ger Jalalabad oedd yng ngofal llu awyr Prydain, a llenwi'r tanciau â thanwydd mewn munudau, cyn ailgychwyn. Diflannodd gweddill y daith tra bu Jon yn gaeth i'w atgofion.

Roedd dinas Chitral o dan ei awyren ac felly roedd yn bryd hedfan yn is. Gwelai glytwaith o gaeau gwyrdd ffrwythlon yma ac acw ger yr afon, ond fel arall cynfas mud oedd y wlad roedd ar fin ei bomio. Pan ddangosodd y cloc ei fod ar 500 troedfedd, cododd drwyn yr awyren a hoelio'i lygaid ar y gorwel. Yna roeddent yn hedfan rhwng y mynyddoedd uchel gan droi a throsi fel deilen yn y gwynt. Roedd yr afon oddi tanynt, wrth iddynt ruo ar hyd y dyffryn, yn union fel bod mewn ymarfer – oni bai eu bod am chwalu un o'r trefi islaw yn fuan, a llosgi plant, merched a dynion diniwed yn fyw.

Ar un o'r llwybrau o'u blaenau, ychydig eiliadau cyn iddynt sgrechian uwch eu pennau, gwelodd res hir o anifeiliaid yn cael eu tywys gan ddynion. Gwelodd y ceffylau'n dechrau neidio a strancio, wedi cael eu dychryn yn rhacs, cyn iddynt ddiflannu o'r golwg.

'Targed o'n blaenau,' meddai Carl. 'Dwi'n tanio'r laser.' Tynnodd Jon ddarn o wydr clir o'i helmed a'i osod dros ei lygaid. Y teclyn hwn oedd yn dangos iddo lwybr y golau coch fyddai'n ei arwain at ei darged.

Cariai ei awyren ef a'r tair o'i flaen un bom 600 pwys, pedair roced a thri bom llai. Roedd yr awyren olaf yn cario bom napalm 500 pwys. Byddai'n sugno'r ocsigen o'r awyr am gannoedd o lathenni, cyn ei lenwi â fflamau cemegol deifiol a'r rheiny'n llosgi popeth na chafodd ei chwalu gan y bomiau.

Er ei fod yn hedfan ar bedwar can milltir yr awr, gwelai Jon y dref yn glir a phobl yn rhedeg i bob cyfeiriad. Dangosai'r camera yr olygfa o dan yr awyren. O bell clywai lais Carl.

'Bomiau wedi'u gollwng; mwynhewch eich diwrnod, gyfeillion.' Curodd gefn sedd Jon. 'Nawr dos â ni adref, Capten,' meddai gan chwerthin.

Llamodd yr awyren yn ei blaen wedi chwydu'i chargo a chrynodd y llyw yn nwylo Jon. Tynnodd yn galed arni a throi i'r dde i ddechrau dringo. Ar sgrin y camera fe welai bobl yn rhedeg gan godi plant oddi ar y llawr cyn i don anferth goch, oren a du godi o'r ddaear, gan saethu'n uwch na phob adeilad a llamu ar eu holau.

Sgrechiodd larwm a fflachiodd golau coch yn y caban. Newidiodd y sgrin i ddangos bod dwy, na, tair roced yn codi o'r ddaear tuag ato. Yn reddfol, gwasgodd Jon y botwm i daflu'r bomiau bychain i geisio'u rhwystro a throdd y llyw yn galed i'r chwith. Ond fel roedd yn dechrau dringo gwelodd fflam roced arall yn cael ei thanio o'r grib uwchben. Nid oedd ganddo obaith ei hosgoi. Clywodd Carl yn sgrechian yn y curiad calon cyn i'r roced hyrddio trwy'r adenydd a'r gynffon nes bod yr awyren yn troi fel cwch brwyn plentyn yn plymio dros ochr rhaeadr.

Aberth

Roedd y gwynt wedi cryfhau'n gynharach nag arfer, gan sgubo trwy'r dref yn y dyffryn nes bod cymylau bychan yn troelli'n wyllt ar hyd y strydoedd ac yn dychryn y cŵn. Mewn un cartref gwthiai gawodydd bychan o lwch trwy'r craciau yn y pren a warchodai'r ffenestri, tra criai baban yn y crud gwiail ger y lle tân. Cododd y fam ef yn ei breichiau i'w ddistewi a chysuro'i hun wrth geisio anghofio am ei mab hynaf yn chwifio ffarwél oriau ynghynt. Tawodd y bychan ei grio gan syllu ar wyneb ei fam.

'Ti ddim yn mynd i nunlle, nag wyt, mabi tlws i!' sibrydodd wrtho'n ysgafn gan rwbio'i thrwyn yn ei drwyn yntau. Ceisiodd y bychan afael yn ei gwallt fel arfer, a thynnodd hithau ei phen yn ôl gan chwarae trwy ei demtio gyda'i gwallt hir oedd yn hofran uwchben ei wyneb. Chwarddodd yntau gan fwynhau'r gêm syml ac anghofio'r boen yn ei geg am ychydig.

Clywodd Ayub y gri arferol, *Allahu Akhbar,* yn atseinio drwy'r strydoedd i rybuddio'r ffyddloniaid ei bod yn bryd iddynt weddïo. Er bod y mat gweddi yng nghornel y tŷ, ni thrafferthodd fynd ar ei gliniau. Roedd yn ddiogel yn ei chartref ac nid oedd neb yma i achwyn am ei hanufudd-dod. Cyn i'r plant ddod adref o'r ysgol roedd pentwr o waith yn ei disgwyl, ac roedd angen iddi alw yng nghartref ei mam yn ogystal.

Blinodd y baban ar y gêm a chaeodd ei lygaid, wedi'i gynhesu a'i gysuro gan wres corff ei fam. Gosododd Ayub Ishmail yn y sgarff hir a wisgai am ei chanol a thros ei hysgwydd fel ei fod yn ei hwynebu, ond wedi'i rwymo'n saff ar ei bron. Gwisgodd hen wasgod wlân ei gŵr i'w gwarchod hi a'i baban rhag y gwynt. Cododd fag gwellt wedi'i addurno â sgarff las, oedd yn llawn o ddillad a llysiau, ac agorodd y drws cyn dechrau cerdded tuag at gartref ei mam. Roedd wedi penderfynu creu mwy o le yn ei chartref ei hun trwy symud dwy o'r merched i fyw gyda'i chwaer. Gan fod Hani wedi gadael, byddai mwy o le ganddi yn y tŷ erbyn y gaeaf. Roedd y ddwy fach yn edrych ymlaen yn barod at yr antur o symud.

Wrth iddi droi'r gornel olaf a gweld y ddwy goeden ger cartref ei mam, clywodd gynnwrf yn y dref, dros sŵn y gwynt oedd yn hyrddio trwy'r dyffryn. Lleisiau'n codi, drysau'n clepian a ffenestri'n cau. Gwaeddodd dynes am ei phlentyn i gyfeiliant gollwng llestri a chwalodd yn ddarnau mân ar hyd y llawr. Dechreuodd cŵn gyfarth ac fe glywodd ferch yn wylo. Yna roedd nifer o ferched yn sgrechian nerth esgyrn eu pennau.

Trodd Ayub i edrych dros ei hysgwydd. Gwelodd gert a cheffyl a dau ddyn yn eistedd arno; roedd y ddau wedi troi i edrych dros eu hysgwyddau. Brathodd Ayub ei hanadl fel petai wedi disgyn i'r afon ganol gaeaf. Roedd wedi gweld awyrennau o'r blaen, ond erioed mor isel â hyn, draw ar ochr bellaf y dref. Roeddent yn is na chopaon y mynyddoedd a gysgodai'r dref. Crynai drwyddi, a theimlai ei stumog fel petai hi wedi yfed dŵr oer yn syth o'r afon. Roedd eisiau cyfogi. Dechreuodd gerdded yn gyflymach.

Cynyddodd y gweiddi a'r sgrechian, a dechreuodd Ayub redeg. Clywodd geffyl yn gweryru, a rhybudd croch y gyrrwr, a chamodd i'r ochr i adael iddynt fynd heibio. Sgrialodd y cert mor agos nes ysgwyd ei ffrog. Gollyngodd Ayub y bag, a lapiodd ei breichiau o amgylch y babi gan geisio codi mymryn ar ei ffrog hir a rhedeg cyn gyflymed ag y gallai. Roedd bron â chyrraedd y wal gerrig.

Sgrechiodd yr awyren gyntaf dros ei phen mor isel nes ei bod yn codi'r llwch fel dwy raeadr bob ochr iddi, a gwelodd ddau lygad oren yn poeri fflamau uwchben wrth i'r awyren ddiflannu. Roedd eisiau cysgodi'i chlustiau rhag y sŵn erchyll oedd fel morthwyl yn taro'i phen. Fe'i byddarwyd gan un arall wrth iddi glywed y ffrwydrad cyntaf, amrantiad cyn i'r ddaear ysgwyd gan ei thaflu ar ei phengliniau wrth iddi gropian rownd y wal a gwasgu'i hun yn belen yn ei chysgod. Gwarchododd ei baban gyda'i breichiau.

Rhuodd y drydedd heibio, a cheisiodd Ayub droi i edrych beth oedd yn digwydd bob ochr iddi wrth iddi stwffio'n agosach at y wal nes bod y cerrig yn gwthio'n galed i'w chefn. Gwelodd fysedd cewri tân yn poeri i'r awyr ac adeiladau'n diflannu mewn cymylau. Clywodd suo miloedd o wenyn meirch yn dod tuag ati cyn iddynt fynd heibio gan wichian yn uchel. Taflwyd cerrig y wal i'r awyr a gwelodd dair merch oedd wedi bod yn rhedeg tua'r afon yn dawnsio'n wyllt am eiliad cyn syrthio'n sypiau gwaedlyd blêr ar y ddaear. Ar ôl iddynt ddisgyn, ni symudodd yr un ohonynt eto.

Dymchwelodd rhan o'r wal dan yr ergydion ac ofnai ei bod am ddymchwel yn llwyr. Cododd Ayub a rhedeg nerth ei thraed gan aros yn ei chwrcwd tua'r afon a lloches y pant oedd yno.

Rhedodd heibio'r cert pren oedd bellach ar ei ochr, ei olwynion yn troi'n feddw a'r ceffyl yn ceisio'n ofer i godi. Chwalwyd ei goesau blaen ac roedd y gwaed yn troi'r llwch yn ddu. Gwelai ei geg ar agor a glafoer yn llifo dros ei wefus isaf, ond boddwyd ei gri am gymorth gan ffrwydradau a sgrechfeydd. Rowliai ei lygaid yn wyllt gan y boen a'r sioc.

Gorweddai'r gyrrwr yn ei wasgod las ar ei gefn, a'i ben wedi'i hollti fel afal. Roedd y gŵr arall yn llusgo'i hun ar ei ochr o'r gyflafan gan nadu'n uchel wrth geisio rhwystro gwythiennau bochiog ei stumog rhag dianc trwy'r archoll yn ei ochr. Gwthiai'r rheiny fel trwynau cŵn bach trwy'i fysedd. Codai stêm o'r gwaed cynnes a lifai i lawr ei grys ac i'r ddaear fel llwybr malwen.

O gornel ei llygaid gwelai Ayub fur anferth o fflamau'n ei herlid ac yn difa'r adeiladau oedd drws nesaf i hen gartref ei mam. Teimlodd nodwyddau poeth yn brathu'i chefn gan ei chloffi. Baglodd gam cyn neidio ymlaen a disgyn eto dan ergydion eraill, trymach, i'w choesau a'i chefn. Suddodd ar ei phengliniau yn y mwd oedd yn ymestyn ar hyd glannau'r afon, ond cododd drachefn. Roedd yr afon o'i blaen a theimlai'r fflamau'n deifio'i gwallt. Feiddiai hi ddim edrych yn ôl. Ni allai anadlu. Cyrhaeddodd y lan. Brathwyd ei chnawd yn greulon eto gan ddarnau o ddur chwilboeth.

Disgynnodd i'w chwrcwd y tro hwn gan grymu'i hysgwyddau i warchod ei baban. Ceisiodd ryddhau Ishmail o'r sgarff a'i cysylltai wrthi. Brathodd y cwlwm gan ei rwygo ar agor i lacio'r sgarff. Ond roedd ei mab wedi'i lapio ynddi o hyd a rhan o'r sgarff wedi'i stwffio i'w gwasgod. Roedd Ayub eisiau ei osod yng nghysgod y cerrig ger y pwll dwfn lle bu Hani'n ceisio pysgota flynyddoedd yn ôl. Wrth iddi weld ei wyneb a'i lygaid glas, rhwygodd peli crwn o ddur a daflwyd i bob cyfeiriad o fomiau'r awyren i'w chorff. Yna roedd fflamau'r napalm yn llosgi'i dillad a difa cnawd ei chefn nes ei fod yn codi'n swigod ar amrantiad.

O ganlyniad i sioc yr ergydion, neidiodd ar ei thraed a thaflu'i baban ymlaen i'r afon gyda'r sgarff yn rhaff rhyngddynt. Disgynnodd ar ei ôl gyda'i breichiau'n ymestyn bob ochr iddi. Sythodd Ishmail gan sioc yr oerfel ac agorodd ei geg i sgrechian ei brotest. Er ei fod yn strancio, caeodd ei lwnc yn reddfol o dan y dŵr, a cheisiodd ryddhau ei hun o'r sgarff hir oedd yn dal i'w gysylltu â'i fam. Suddodd dan bwysau'r sgarff er bod ei freichiau a'i goesau'n cicio'n galed.

Wynebai Ishmail wely'r afon ond ni welai fawr

ddim er bod ei lygaid yn llydan agored. Arnofiai ei fam uwch ei ben. Berwai ei chorff wyneb yr afon, gymaint oedd gwres y fflamau cemegol oedd yn dal i losgi a bwyta'r cnawd a'i droi'n ddu hyd yn oed o dan y dŵr. Noethwyd ei hesgyrn mewn ambell le. Roedd y stêm yn hisian yn ffyrnig wallgof ar wyneb yr afon a throwyd Ishmail drosodd gan y cerrynt nes i'r sgarff agor a'i ryddhau.

Wrth i eco'r awyrennau farw ar lethrau'r mynyddoedd, gwthiwyd y baban gan y lli i ffwrdd oddi wrth gorff ei fam tra llosgai'r dref yn y dyffryn.

Achub

Gwelodd Rehman yr adar yn troi'n sydyn gan hyrddio'u hunain am y ddaear. Disgynnodd y cyfan fel cerrig. Fel arfer, hedfan yn osgeiddig ar y tonnau o wres a godai o'r ddaear bob dydd wnâi'r rhain. Roedd y gwynt wedi cryfhau'n gynt nag arfer y diwrnod hwnnw, ond nid dyma oedd wedi dychryn yr adar.

Trwy'r bore bu Rehman yn erlid gafr a grwydrodd ymhell i fyny'r llethr; gan ei bod yn un ifanc, roedd yn werthfawr. Llwyddodd, wedi dwy awr o gerdded, i ddringo'n uwch na hi a'i gorfodi i droi i lawr am y dyffryn. Roedd bron â chyrraedd cyrion y dref pan sylwodd ar yr adar.

Syllodd i bob cyfeiriad i weld pa heliwr oedd wedi'u dychryn. Nid oedd neb arall ar eu cyfyl. Yna fe welodd yr helwyr. Un, dau, tri, pedwar, pump o adar bychan du yn hedfan, gan ddilyn ei gilydd yn agos ac yn rhyfeddol o gyflym trwy agoriad y dyffryn.

Na, nid adar. Awyrennau. Ers wythnosau bu'n eu gwylio'n hedfan uwchben, ac roedd wedi clywed digon o hanesion am bentrefi a threfi'n cael eu bomio yn yr ardal. Safodd yn stond a diolchodd fod ei wraig yn byw yn ddigon pell o'r dref. Disgynnodd i'w gwrcwd. Yn reddfol teimlodd fod yn rhaid iddo guddio.

'Awyrennau!' gwaeddodd er na fedrai neb ond y geifr a'r adar ei glywed. 'Awyrennau rhyfel America!' meddai eto gan ei hyrddio'i hun ar y ddaear.

Roedd y llethrau'n hollol foel yma oni bai am un llwyn bychan. Trodd Rehman tuag ato wrth iddo weld yr wyau cyntaf yn disgyn o un awyren. Gwelodd y ffrwydrad ac yna fe'i clywodd. Dechreuodd sgrechian rocedi'r awyrennau atseinio trwy'r dyffryn.

Gwahanodd yr ail a'r drydedd awyren gan droi i ddau gyfeiriad gwahanol cyn deor eu hwyau hwythau. Dilynwyd y ffrwydrad cyntaf gan nifer o rai llai oedd yn ymestyn i bob cyfeiriad. Claddodd Rehman ei wyneb yn y pridd, ei ddwylo'n gwarchod ei glustiau. Teimlai'r ddaear yn ysgwyd, hyd yn oed yma ar y llethrau, ac yn rhuo fel pe bai daeargryn ar fin taro.

Ond er gwaetha'i ofn, meiddiodd sbecian o'i gwmpas. Roedd y dref yn diflannu mewn tonnau llachar o dân a mwg. Gwelodd y fflamau'n lledu a rasio drwy'r dref, gan ei atgoffa o'r afon yn gorlifo drwy'r strydoedd un gwanwyn yn dilyn gaeaf rhyfeddol o ddrwg. Teimlodd y gwres ar ei wyneb wrth i'r fflamau godi ugain troedfedd a mwy cyn llifo i bob cyfeiriad. Claddwyd popeth am eiliadau hir gan flanced o oren a choch oedd yn cordeddu'n orffwyll a throi'n gymylau o fwg du fel pe bai rhywun wedi taflu bwced o ddŵr ar dân ffyrnig.

Trodd yr olaf o'r awyrennau allan o'r dyffryn a chododd Rehman ar ei gwrcwd. Clywai'r fflamau'n rheibio coed ac adeiladau, a chodai mwg du trwchus nes ffurfio pyramid wyneb i waered uwchben y dref.

Trwy'r uffern clywodd gri a drodd ei stumog yn iâ. Holltwyd ar sŵn y difa gan gri babi. Na, sgrech uchel oedd hon yn erfyn am gymorth. Ac un arall, ac un arall, yn uwch y tro hwn. Sgrech o ofn a drawodd ei galon fel ergyd morthwyl. Sgrech yn erfyn am gymorth. Heb aros eiliad arall rhuthrodd Rehman i lawr y llethr i'r dref gan geisio lleoli'r sŵn. Baglodd dros garreg nes ei fod yn powlio i lawr y llethr gan gripio'i wyneb yn ddrwg mewn llwyn pigog. Ni thrafferthodd sychu'i wyneb cyn neidio ar ei draed a dal i redeg.

Fe'i clywodd eto. Roedd y sgrechian yn ei ysgwyd. Deuai o gyfeiriad yr afon. Anelodd unwaith eto, fel yn ei hunllefau, tuag at yr afon. Rhedodd nes bod ei ysgyfaint yn llosgi, yn union fel y gwnaethai y bore y dychwelodd o fod yn gwersylla am y tro olaf wedi clywed am ddiflaniad ei fab. Roedd wedi cymryd oriau iddynt ddod o hyd i'r corff yr adeg honno.

Llamodd i ganol yr afon gan wybod o brofiad lle'r oedd y pyllau dwfn. Teimlodd yr oerfel yn crafangu yn ei goesau wrth iddo chwilio am y bychan, gan weddïo nad oedd yn rhy hwyr fel y tro o'r blaen. Trodd un ffordd ac yna'r llall, gyda'i ddwylo'n chwyrlïo o gwmpas ei ben. Ni allai fforddio methu eto.

Yna fe'i gwelodd. Roedd y bychan yn fyw! Gwthiwyd y babi, yn ei grys gwlân tenau, gan y cerrynt at y lan o gerrig mân a gwiail, er y gallai'n hawdd fod wedi cael ei sgubo i lawr yr afon fel ei fab yntau flynyddoedd ynghynt. Camodd Rehman yn drafferthus tuag ato gyda'r afon yn gwneud ei gorau i'w rwystro, cyn sgubo'r baban yn ei freichiau a'i wasgu at ei gorff. Sychodd ei geg a'i wyneb a theimlodd dristwch y gorffennol, oedd yn gwmni parhaus iddo, yn bygwth ei lethu eto. Dechreuodd gerdded tua'r lan gan gleisio'i draed yn erbyn cerrig yr afon, ond heb deimlo poen. Sgrechiodd y babi eto gan ysgwyd ei freichiau a'i goesau'n galed. Roedd hwn yn fyw, ond nid am lawer hwy os bu yn yr afon. Tynnodd Rehman y crys gwlyb oddi ar y babi, cyn stwffio'r plentyn o dan ei ddillad ei hun nes ei fod nesaf at ei galon. Roedd yn oer fel carreg ganol gaeaf a'i gorff yn ysgwyd i geisio cadw'n fyw. Trodd ei wefusau mor las â'i lygaid.

Camodd Rehman allan o'r afon ac edrych yn wyllt i bob cyfeiriad. O'i flaen llosgai dwy goeden. Rhedodd atynt a gyda'i ddwylo noeth torrodd ganghennau oedd wedi troi'n ddu ond heb losgi trwyddynt, gan eu defnyddio i fwydo tân oedd yn llosgi ger gweddillion wal gerrig. Adeiladodd danllwyth o dân yn gyflym gyda'r brigau a'r canghennau, gan ei amgylchynu â cherrig, a dal ati i ddefnyddio canghennau'r ddwy goeden i'w fwydo. Roedd drws y tŷ gerllaw hefyd wedi hollti ac yn danwydd i achub bywyd y babi.

Tynnodd y babi o'i nyth dan ei grys. Lapiodd ef yn ei sgarff a'i wasgod cyn mynd ar ei gwrcwd uwchben y tân a'i ddal fel offrwm, cyn agosed at y fflamau ag y gallai heb ei losgi. Rhwbiodd groen y babi'n ysgafn i annog y gwaed i lifo drwy'r corff bach eto.

Cynhesai'r gwres ei wyneb a theimlai'r babi ef hefyd er ei fod yn dal i grio. Ond, yn raddol, roedd Ishmail yn cynhesu, ac fe welai wyneb o'i flaen, ac roedd hwn yn gwenu arno. Cysurwyd ef gan y gwres a'r caneuon roedd y bugail yn eu canu'n dawel yng nghysgod gweddillion cartref ei nain ger y tro yn yr afon. Wedi ymlâdd yn llwyr, ac effaith y sioc wedi'u blino, syrthiodd y ddau i gysgu'n drwm.

Dianc

Yng nghyffro'r frwydr ar lethrau serth y mynydd uwchben y dref, anghofiodd Javed bopeth a ddysgwyd iddo am ryfela. Eisteddodd yn ei gwrcwd yn rhy agos at y roced oedd ar ysgwydd ei gapten, Jehangir. Yna anghofiodd roi ei ddwylo dros ei glustiau ac fe'i byddarwyd pan lamodd honno o'r tiwb metel hir i'r awyr a fflam dwy droedfedd i'w chanlyn. Teimlodd hylif poeth yn rhedeg i lawr ei ysgwydd, ac am ychydig eiliadau credai fod rhywun wedi colli cwpan o de drosto. Rhoddodd ei law ar ei war, a phan ddaliodd hi o flaen ei wyneb roedd yn goch gan waed. Ond trwy lwc, pan welodd fflachio'r gwydrau haul yn rhybuddio bod ymosodiad ar fin digwydd, cofiodd wasgu'r botwm recordio ar y camera oedd wedi'i osod ar dripod gerllaw.

Pan ruodd yr awyren gyntaf drwy'r dyffryn, roedd Javed a'i gyd-ymladdwyr wedi bod yn eistedd wrth eu rocedi ers pedair awr. Wedi cyffro cynta'r bore, roedd diflastod wedi dechrau eu swyno. Roeddent wedi dechrau pendwmpian nes i rocedi'r awyrennau eu hysgwyd.

Lleolwyd eu gwersyll – dim mwy na blancedi trymion ar y ddaear ger tân bychan – bron ar gopa'r mynydd ym mhen draw'r dyffryn, yr ochr bellaf i'r dref o'r afon. Fe'u rhybuddiwyd gan eu harweinydd, Azis, y byddai'r awyrennau'n debygol o hedfan yn syth tuag at eu gwersyll ar ôl unrhyw gyrch bomio ar y dref, cyn dechrau dringo. Roedd yr awyrennau'n dargedau hawdd gan eu bod mor agos, ond yn dargedau oedd yn symud ar bedwar can milltir yr awr. Byddai'n rhaid pwyllo neu gallent ddifetha'r cwbl. Ond roedd ofn eu harweinydd yn golygu na symudodd neb fodfedd o'u safle, gan ganolbwyntio'n llwyr ar eu targed.

'Gadewch i'r gyntaf fynd heibio, yna anelwch am y nesaf, a gweddïwch,' gwaeddodd Jehangir gan anelu'r roced oedd ar ei ysgwydd. Roedd pedair roced wedi'u paratoi, ac erbyn i'r bumed awyren ruo tuag atynt roedd y criw yn barod.

'Saethwch,' gwaeddodd, amrantiad cyn i'r roced danio o'r tiwb.

Taniwyd y rocedi wrth i'r awyren olaf ddechrau dringo. Er i dair ffrwydro o fewn eiliadau yn y cwmwl o beli bychan a chwydwyd o grombil yr awyren, fe drawodd y bedwaredd hi. Rhwygodd y roced trwyddi gyda'i chynffon o fflamau a mwg fel petai'n waywffon yn clwyfo morfil.

Ond ni ffrwydrodd y roced fel y disgwyl, a gwelsant yr awyren yn cloffi a chwydu mwg du cyn plymio'n is a hercian ymlaen ar lwybr meddw, gan grafu dros y grib rewllyd. Roedd mor isel nes toddi'r rhew gyda'i rocedi a thaflu'r eira fel lluwch bob ochr i'w llwybr.

Trodd eu gorfoledd yn siom, a rhewodd y pum rhyfelwr yn eu hunfan. Roeddent wedi methu.

Byddai eu harweinydd yn cosbi un ohonynt am eu methiant. Gwelai'r criw fflamau'n rheibio'r dref a chlywent y ffrwydradau'n atseinio trwy'r dyffryn.

Teimlodd Javed law ar ei ben a throdd i weld Azis yn sefyll wrth ei ochr yn anadlu'n drwm. Roedd gwên ar ei wyneb, ond gafaelodd ym mhen Javed a'i droi i'r ochr i archwilio'r clwyf. Yna plygodd gan godi'r camera fideo oedd wedi cael ei wthio i'r llawr, ac oedd ar ei ochr yng nghanol y cyffro wrth draed Javed. Stwffiodd y camera a'r tripod i'w ddwylo a phwyntio at y dref. Pan syllodd Javed yn hurt arno, gafaelodd yn y dyn ifanc a'i wthio'n galed i lawr y llethr. Er na chlywodd Javed air, deallodd orchymyn ei arweinydd a rhedodd tuag at y dref i ffilmio'i munudau olaf.

'Ardderchog, fechgyn, 'dach chi wedi taro un o awyrennau'r gelyn,' meddai Azis gan wenu ac edrych at y grib lle diflannodd yr awyren.

Edrychodd y rhyfelwyr ar ei gilydd cyn i'r hynaf gyfaddef, ei lygaid wedi'u hoelio ar y ddaear.

'Ond fe ddihangodd,' meddai Jehangir yn dawel, heb feiddio codi'i lygaid.

'Edrychwch ar yr cira,' meddai Azis gan ddal i wenu. 'Mae o wedi toddi lle disgynnodd y petrol o'r tanciau. Dyna oedd yr hylif yna'n llifo ohoni.' Curodd ei ddwylo. 'Rhaid eich bod wedi tyllu'r tanciau, felly aiff hi ddim yn bell. Fel arfer, mae criw o ddau ar y rheina. Perffaith,' meddai'n ddistawach. 'Reit, rhaid i ni baratoi i fynd ar ôl y criw, os gallwn ni gael gafael arnyn nhw . . .' Roedd y wên ar ei wyneb yn dweud y cyfan. Ond wrth iddo siarad, roedd plu eira maint dwrn plentyn yn ddechrau disgyn gan lynu wrth y ddaear a ffurfio carthen wen fyddai'n gorchuddio'r tir am fisoedd. Ni fentrai neb i mewn i storm o'r fath tan y diwrnod wedyn, er bod gwobr hael yn eu disgwyl.

*   *   *

Pan rwygodd y roced trwy gynffon ei awyren, ofnai Jon ei fod am farw, ac yna teimlodd ryddhad. Ar ôl popeth a wynebodd roedd yn barod i farw. Sylwodd ar waed ar hyd to gwydr caban yr awyren, ac er iddo weiddi ar Carl ni chafodd ateb.

Rhaid ei fod wedi cael ei daro gan ddarn o'r roced. Roedd yr awyren yn troi rownd a rownd fel cwpan mewn dŵr, gyda sgrech aflafar y corn yn ei rybuddio'i fod yn colli tanwydd. Heb iddo amgyffred hynny, cymerodd ei hyfforddiant drosodd gan ei orfodi i lywio'r awyren a cheisio rheoli'i llwybr, ond yn ofer. Sgrechiai corn arall fod tân wedi cynnau ar un o'r adenydd a, heb feddwl, cymerodd Jon gamau pellach i geisio achub ei fywyd.

Ni wyddai faint o amser a dreuliodd yn yr uffern honno. Trwy intercom ei helmed, clywodd riddfan o'r sedd gefn. Rhaid bod Carl yn dal yn fyw. Gwaeddodd a chael bloedd grug yn ateb. Yna tagodd Carl yn drwm cyn griddfan yn uchel.

Cododd Jon ei galon pan sylweddolodd fod Carl yn dal yn fyw. Roedd gobaith. Heb rybudd, penderfynodd cyfrifiadur yr awyren fod yn rhaid achub ei fywyd, ac na ellid aros eiliad yn rhagor. Ffrwydrodd rocedi bychain i'w hyrddio trwy ffenestr yr awyren bron i gan troedfedd uwchlaw i'r awyr oer cyn i'w barasiwt agor.

Cadwodd ei lygaid ar yr awyren a sylwodd nad oedd ffenestr Carl wedi torri. Rhaid bod rocedi'r sedd gefn wedi methu â thanio. Wrth hongian yno'n teimlo'r gwynt oer ar ei wyneb, gwelai'r awyren yn troelli'n gynt a chynt, cyn ffrwydro'n lliwgar wrth daro yn erbyn ochr y mynydd. Roedd ei fawd wedi'i ddal yn un o'r rhaffau tenau a ddefnyddid i reoli'i barasiwt. Trwy'i faneg gwelai'r bawd yn chwyddo wrth i waed gael ei ddal ynddo, a threuliodd funudau hir yn canolbwyntio ar ddatod y cwlwm. Gwthiwyd ef gan wynt cryf o'r de am rai milltiroedd, cyn iddo daro'r ddaear yn galed ond yn ddiogel rhwng pentyrrau o gerrig miniog. Roedd y cymylau'n cau amdano a'u lliw bygythiol yn ei rybuddio eu bod ar fin esgor ar eu cnwd.

Nawr cymerodd ei wersi dianc drosodd, ac yn reddfol gweithredodd fel yr hyfforddwyd ef ar y cwrs ym mynyddoedd Montana yr haf blaenorol. Tynnodd ei fag achub oddi am ei ganol a gwisgo'r dillad a brynodd yn Dubai. Cariai pob peilot fag o ddillad ac offer i'w defnyddio petaent yn gorfod glanio ar frys.

Roedd Jon wedi penderfynu cario gwasgod, cap a sgarff draddodiadol llwythau'r Pashtun, gyda throwsus llac a chrys hir oedd yn cyrraedd at ei bengliniau. Yn y bag roedd potel ddiod, tabledi puro dŵr, digon o fwyd sych, bisgedi a siocled am wythnos, ynghyd â map a chwmpawd. Roedd ei ffôn symudol ganddo hefyd, er nad oedd yn disgwyl medru'i ddefnyddio yma.

Claddodd ei helmet, ei barasiwt a'i siaced achub ynghyd â'i gerdyn adnabod, ei oriawr ddrud a'i ffôn. Craffodd ar y cwmpawd ac, wedi astudio'r map, dechreuodd gerdded. Roedd wedi glanio ym mynyddoedd Pacistan ond yn rhy agos i'r ffin â China. Nid oedd Affganistan yn bell. Ofnai y buasai'r *mujahideen* yn dechrau chwilio amdano hefyd. Ei fwriad oedd ymddwyn fel gŵr ar bererindod i Fecca, a dechreuodd gerdded gyda dim ond y plu eira'n gwmni iddo. O fewn munudau roedd y rheiny'n gorchuddio'i ddillad ac wedi cuddio olion ei draed.

*   *   *

Yn y dref, baglai Javed trwy dirlun hunllefus. Yn ei fyd byddar, gwelai'r dref yn llosgi. Roedd ambell ffrwydrad bychan yma ac acw'n taflu darnau o bren a chyrff gwenfflam lathenni i'r awyr. Aroglai'r cnawd yn llosgi. Ond gan na chlywai ddim byd, nid oedd y gyflafan yn teimlo'n real. Ac yntau'n dal mewn sioc, anghofiodd sicrhau bod y sain yn recordio ar ei gamera. Roedd ei fyddardod yn fendith

Ni chlywai sgrechiadau'r rhai a glwyfwyd nac wylo'r bobl a gollodd berthnasau. Roedd ceffyl yn gorwedd ar ei ochr, ei ddwy goes wedi'u dryllio, yn gweryru'n floesg gan fethu deall pam na allai sefyll a gadael yr uffern hon. Bob tro roedd yn ceisio codi ar ei goesau cefn gwthiai weddillion esgyrn ei goesau blaen yn ddwfn i'w gnawd. Yn reddfol aeth Javed ati i ffilmio'r ceffyl gan ddal ei boen ar ffilm am ychydig funudau, cyn penderfynu cau'r lens a saethu bwled i'w benglog o'r reiffl a gariai ar ei gefn. Pasiodd stondin fwyd yr hen ŵr yr hoffai gael brecwast gydag ef pan ymwelai â'r dref, ond nid oedd golwg o hwnnw er bod ei ffon ar y llawr, a'i wyau wedi'u dryllio gan arllwys eu cynnwys clir a melyn i'r llwch.

Fel y cafodd ei ddysgu yn y gwersyll milwrol yn Pacistan, fframiodd Javed bob golygfa'n ofalus, gan ganolbwyntio ar gyrff ac ar y rhai oedd wedi'u hanafu'n ddrwg. Roedd digon o'r rheiny ymhobman. Gwelodd bêl griced ar dân a gorweddodd ar y llawr llychlyd i'w ffilmio. Cofiodd i un o'r hyfforddwyr ei siarsio i chwilio bob amser am olygfa neu ddarlun cofiadwy.

'Tydi meirwon fel y cyfryw ddim yn dychryn pobl erbyn heddiw,' meddai'r hyfforddwr yn ddidaro, wrth ddosbarthu lluniau o gyrff. 'Mae angen chwilio am y darlun sy'n mynd i aros yn y cof, sydd am wneud iddyn nhw feddwl, a chofio.'

Pwysleisiodd y frawddeg nesaf. 'Rhaid i chi gael darlun sy'n cyfleu diniweidrwydd, neu falle addewid a gafodd ei ddiffodd. Dangoswch y stori, a "Dafydd a Goliath" ydi honno iddyn nhw. Dim ond efo darluniau felly y medrwn obeithio cael unrhyw gyhoeddusrwydd.'

A dyna lle roedd Javed, yn gweithio'n ddistaw yn ffilmio bag gwellt oedd wedi chwydu'i gynnwys ar hyd y ddaear garegog, pan ddaeth y marchogion eraill i'w gasglu er mwyn iddynt baratoi am yr helfa drannoeth am ddau beilot o America.

Cariad

Wrth iddo ddisgyn fesul cam o'r mynyddoedd trodd yr eira gwyn yn eirlaw budr, nes dirywio i fod yn ddim ond dafnau o law, a hwnnw'n suddo trwy eu dillad, gan wlychu'r croen nes peri iddynt grynu.

Trodd y rhigol o lwybr gafr y buont yn ei ddilyn am ddeuddydd yn llwybr troed lletach, yna'n ffordd garreg, nes tyfu o'r diwedd yn briffordd lydan gyda lle i bedair lorri yrru ochr yn ochr ar ei hyd. Parodd y llif o draffig blêr, yn geir a lorïau a bysys, i Hani feddwl am afon ei dref wedi gorlifo yn y gwanwyn ac yn sgubo coed, brigau ac anifeiliaid i lawr y dyffryn.

Cerddai gwartheg a geifr ar hyd yr un ffordd, a gwyrth ydoedd na ddigwyddai mwy o ddamweiniau. Synnai hefyd weld cynifer o bobl o bob oed yn mentro ar eu beics hynafol i ganol y llif cerbydau, gan ganu'u clychau'n hyderus. Cariai rhai o'r beics ddau neu dri o deithwyr, a'r rheiny'n eistedd ar yr olwyn flaen a'r un gefn.

Roedd y bysys yn orlawn o deithwyr yn gwasgu'u hunain i bob cornel – rhai'n gorwedd ac eistedd ar y to hyd yn oed. Chwydai'r cerbydau hynafol fwg tew, du, i'r ffordd. Peintiwyd pob un â dwsinau o luniau lliwgar nes eu bod yn debycach i oriel symudol o waith arlunydd gwallgof nag i drafnidiaeth gyhoeddus.

Safai criwiau o ddynion arfog a milwyr ofnus yma ac acw, yn smocio ger hen jîps rhydlyd, gan lygadu'i gilydd yn amheus. Rhwng y bobl a'r anifeiliaid a'r traffig trwm roedd cymylau o lwch yn hofran dros y dyffryn fel carthenni cewri. Roeddent mor drwchus fel y gallai Hani syllu'n syth at yr haul, nad oedd yn ddim ond pelen fawr oren. Roedd y pryfed yn bla, yn arbennig ar ddiwedd y prynhawn pan fyddai gwres yr haul yn gwanhau. Croeso i Chitral, meddyliodd Hani.

Ar ochr y ffordd ar gyrion y ddinas roedd arwyddion pren wedi'u peintio â llaw yn croesawu ymwelwyr i'r ardal heddychlon hon. Er y golygfeydd dieithr, yr arwydd llydan ar ochr arall y ffordd a dynnodd sylw Hani. Roedd hwn ddwywaith maint tŷ cyffredin ac wedi'i osod ar bolion uchel ar ochr y ffordd. Arno roedd poster lliwgar o ddynes ifanc mewn gwisg draddodiadol laes werdd, yn yfed te o botel. Dim byd ond hysbyseb gyffredin. Ond roedd rhywun wedi mentro dringo at y darlun, rhywsut, a pheintio llen ddu dros ei hwyneb nes cuddio'i bochau, ei gwefusau a'i thrwyn. A rhag ofn nad oedd y neges yn ddigon clir, plastrwyd slogan blêr ar ei draws: 'Ufuddhewch, parchwch. Cosbir anufudddod.' Seriodd y darlun ei hun ar feddwl Hani gan ei atgoffa o'r hyn a ddigwyddai yn ei dref yntau.

Gadawyd yr anifeiliaid, wedi iddo helpu i'w gwasgu i gorlan lydan, a ffarweliodd Hani â thri o'r masnachwyr ger marchnad brysur. Yna dilynodd y pedwerydd trwy strydoedd culion. Roedd y rhain eto'n llawn o bobl yn gwthio yn erbyn ei gilydd neu'n aros i brynu nwyddau o'r siopau bychain, nad oedden nhw'n fawr mwy na bwrdd y tu allan i gartref masnachwr. Ymladdai arogl budreddi'r stryd gyda'r perlysiau oedd yn hongian ar fachau metel bychain y tu allan i nifer o'r siopau. Bu bron iddo faglu dros un o'r cloriannau efydd oedd o flaen bron pob siop nwyddau. Roedd y masnachwyr wedi addo i fam Hani y byddent yn ei hebrwng at ddrws yr addoldy, lle byddai'n ddiogel, ac arhosodd y masnachwr i ofyn am gyfarwyddiadau ar sut i gyrraedd y mosg gan siopwr mewn cot o wlân glas; roedd y dyn hwnnw'n gwisgo mwstás, nid y farf arferol.

Gorffwysodd Hani ger siop gyda chelanedd tair buwch wedi'u blingo yn crogi ar fachau metel llydan. Safai cigydd mewn fest waedlyd yn rhwygo un o'r carcasau'n flêr â bwyell o'i ben ôl i'w wddf. Ar foncyff drws nesaf iddo roedd cigydd hŷn, mewn crys budr, yn torri talpiau o gig oddi ar garcas buwch oedd eisoes wedi'i hollti'n ddwy.

Trwy'r dorf gwelodd ŵr â gwallt a barf goch, y cyntaf iddo'i weld erioed, er iddo glywed llawer amdanynt. Aroglai fwyd o bob math. Tynnai hyn ddŵr i'w ddannedd, yn enwedig y crochan du yn orlawn o dameidiau o gig llwyd yn cael eu ffrio a'u cymysgu â chnau a phast melyn oedd yn cynnwys darnau o ffrwythau.

Awchai am ddiod i dorri'i syched, ond roedd yn rhy swil i gamu at y stondin de lle'r oedd hanner dwsin o bowlenni gwyn gyda phatrymau glas a gwyrdd arnynt yn disgwyl y cwsmer nesaf. Gallai arogli'r te, a gwelodd siopwr yn gollwng llwyaid o fêl i gwpan dyn oedd yn cario hanner dwsin o ieir a hwyaid byw wedi'u rhwymo wyneb i waered wrth bolyn; cariai'r cyfan ar ei gefn. Byddai te mêl yn lleddfu'r annwyd a fu'n blino Hani ers gadael ei gartref.

Gwisgai bawb gap o ryw fath. Y mwyaf poblogaidd oedd y cap Pathan traddodiadol neu'r cap bach crwn, gwyn, crefyddol. Teimlai'n chwil o brofi'r golygfeydd a'r prysurdeb oedd mor wahanol i'w dref yntau yn y mynyddoedd. O'r diwedd, dyma gyrraedd y mosg ac ysgwyd llaw yn gynnes â'r masnachwr, cyn i hwnnw gael ei lyncu gan y dorf mewn eiliadau. Roedd Hani ar ei ben ei hun mewn stryd brysur. Byseddodd lythyr Mashtaq yn ei ddwy law, a thaflodd olwg frysiog i'r chwith ac i'r dde ar hyd y stryd cyn camu i fyny'r grisiau llydan at y drws pren. Curodd ar y drws, a disgwyl gwahoddiad i gael mynediad.

*   *   *

Gwelodd y prif bregethwr Hani'n cyrraedd ac, yn ôl yr arfer, dylai fod wedi mynd i groesawu'r dieithryn. Teimlai'n euog na wnaeth hynny, ac roedd ei gydwybod yn ei boeni. Ond roedd arno ofn.

Ers amser bellach, nid oedd yn gwneud yr hyn y dylai ei wneud yn ei fosg ei hun. Ochneidiodd. Roedd arno ofn y ddau arweinydd ifanc a gyrhaeddodd yn ddirybudd dair blynedd ynghynt. Felly, er ei fod yn amau ac yn ofni beth fyddai'n digwydd i'r bachgen ifanc o'r dref yn y gogledd, penderfynodd aros yn ei ystafell yn gweddïo. Dyna'r oll y gallai ei wneud y dyddiau hyn heb gael ei feirniadu'n greulon yn gyhoeddus.

Roedd y ddau bregethwr ifanc oedd yn rheoli'r mosg hefyd wedi gwylio Hani'n cyrraedd, a nawr roedd y ddau'n edrych arno o gysgod ffenestr eu hystafell ar y llawr cyntaf. Eisteddai Hani gan yfed te a bwyta bara wrth ffynnon ynghanol cwrt y mosg, gan wlychu'i law yn y dŵr oer.

'Ti'n siŵr nad yw'n gwybod am y bomio?' gofynnodd y byrraf gan bwyso'i ddwylo ar y wal.

'Ydw,' atebodd yr ail wrth redeg ei law trwy ei farf drwchus ddu. 'Does dim syniad o gwbl ganddo fod ei dref wedi'i dinistrio. Chaiff o ddim gwybod chwaith,' oedodd, 'nes y bydd wedi cyrraedd pen ei daith.'

Nid oedd angen i'r un o'r ddau ddweud wrth y llall y byddai Hani'n troi am adref ar unwaith pe clywai am y cyrch bomio ar ei dref. Clywsant hwythau am y gyflafan, mewn darllediad radio. Gwisgai'r ddau grysau gwyn llaes oedd yn cyrraedd hyd at eu migyrnau, gyda beltiau llydan wedi'u rhwymo am eu canol.

'A tydi hwn erioed wedi bod allan o'r wlad?' gofynnodd y bychan.

'Naddo. Mae llythyr Mashtaq yn nodi hynny'n glir.'

Gwenodd ei gyfaill pan glywodd yr ateb. 'Perffaith, mi wnaiff hwn y tro. Rydym wedi gorfod aros yn hir am rywun fel fo.' Rhwbiodd ei ên. 'Ond pam wyt ti'n meddwl y bydd o'n derbyn cynnig i fynd i wlad arall i weithio? Mi allai wrthod.'

Gwenodd ei gyfaill tal hefyd. 'Na, mae angen yr arian arno, yn ôl Mashtaq.'

'Tipyn o lwc i ni oedd y bomio,' meddai'r bychan. 'Bydd yn siŵr o dderbyn ein cynllun ar ôl clywed, a gweld; mi fydd fideo o'r bomio yn cyrraedd yn fuan hefyd. Rhaid i ni baratoi i wneud copïau ohono i'w dosbarthu. Ar ôl hynna i gyd, bydd ein cynllun yn gyfle perffaith iddo ddial.'

Trodd y talaf at y drws. 'Rho chwarter awr imi ac yna fe awn i gael sgwrs gyda'n gwestai.' Gadawodd yr ystafell ac aeth i wneud galwadau i baratoi ar gyfer cymal nesaf taith Hani i borthladd yn ne'r wlad.

*   *   *

Roedd Hani wedi gorffen y te a ddaethai mewn tebot bychan gwyrdd, ac wedi bwyta hanner y bara crwn fflat. Daliai hwnnw i stemio gan mai newydd ei dynnu o'r popty yr oedd pan gyrhaeddodd ef.

Wrth symud ei law 'nôl a blaen yn y dŵr, gan greu tonnau bychain a drawai yn erbyn ochr marmor y pwll a chynhyrfu'i adlewyrchiad, gwelai'r afon eto lle treuliodd oriau lawer yn pysgota a charu – ac roedd wedi cael mwy o lwyddiant gydag Ayman na gyda'r pysgod, meddyliodd, gan wenu.

Caru yn y dirgel wnâi Hani ac Ayman. Bu'r ddau'n mynychu'r un ysgol er pan oeddynt yn bump oed. Roedd y ddau wedi eistedd drws nesaf i'w gilydd ar y diwrnod cyntaf a dyna gychwyn y cyfeillgarwch. Tra bod ei ffrindiau'n chwarae gêmau a rhedeg ar ôl ei gilydd, roedd y ddau'n hoffi breuddwydio a cherdded gan geisio adrodd y stori orau, neu'r fwyaf dychrynllyd, neu'r fwyaf anhygoel. Ond wrth iddynt fynd yn hŷn, gwnâi eu hathrawon a'u teuluoedd yn glir na ddylent gymdeithasu cymaint â'i gilydd. Unig blentyn oedd Ayman – bu farw'i mam wrth ei geni. Er gwaethaf hyn roedd ei thad, arweinydd y llwyth a'r ardal, wedi dotio arni. Rhoddai benrhyddid iddi ac yn ddistaw bach roedd yn awyddus iddi gael addysg, er gwaethaf gwrthwynebiad y pregethwyr newydd oedd yn blino'r ardal.

Dim ond wrth edrych yn ôl y sylweddolodd Hani ar y newid a ddaeth yn raddol i'r dref. Dechreuodd merched wisgo ffrogiau hirach gyda llewys hir, hyd yn oed ynghanol haf. Byddent yn cuddio'u pennau o dan sgarffiau llaes a fyddai gan amlaf yn cuddio'r wyneb hefyd.

Daeth diwedd ar yr arferiad o wrando ar gerddoriaeth gyda'r nos, a throdd y gwersi ysgol a'r pregethau ar y penwythnos yn rhai trymach, mwy difrifol. Sefydlwyd cyfarfodydd trafod pynciau crefyddol ac roedd pwyslais mawr ar fynychu'r rhain. Byddai angen esgus da i fod yn absennol.

Dechreuodd y plant sibrwd straeon arswyd wrth ei gilydd am ddynion, a merched, yn cael eu claddu yn y tywod nes bod dim ond eu pennau yn y golwg, am feiddio herio gwersi'r *Qur'an*. Yna caent eu llabyddio i farwolaeth gan gerrig maint dwrn roedd y pregethwyr teithiol wedi'u dewis yn bersonol.

Ond, ar y pryd, un freuddwyd yn unig oedd ar feddwl Hani. A dyna pam y dechreuodd bysgota, er y gwyddai'n iawn nad oedd pysgod yn yr afon. Gan fod Ayman yn mynd i'r afon i olchi dillad i'w thad bob yn eilddydd, gallent gwrdd yn y dirgel.

Ar y cychwyn, rhag ofn i gymydog eu gweld, a chan wybod beth oedd y gosb a'u hwynebai pe caent eu dal, eisteddai ef ar un ochr i'r afon a hithau'r ochr arall. Ambell waith, pan fyddai'r dŵr yn isel, byddent o fewn hyd braich i'w gilydd. Yn fuan roeddent yn sgwrsio yno gan chwerthin ac ymlacio ymhell o olwg y dref. Ni fentrodd y ddau erioed gydio dwylo'n gyhoeddus, gan wybod y gallai hynny beryglu'u bywydau.

Er gwaetha'u gofal, fe sylwodd ei nain, er na ddywedodd hi ddim ar y dechrau, dim ond awgrymu y buasai'n ddoethach cysylltu trwy lythyrau. A dyna beth wnaethon nhw, gan wybod bod storm ar y gorwel – pan fyddai'i thad yn trefnu priodas i Ayman gyda gŵr o statws, nid mab i fugail, er mor galed y gweithiai Hani ac mor uchel y parch oedd tuag at ei dad.

Eu gobaith diniwed oedd cynilo digon o arian i'w galluogi'i adael y dref, a dyna reswm arall pam roedd Hani eisiau mynd i'r ddinas i weithio. Addawodd hithau y byddai'n perswadio'i thad i beidio â'i phriodi am haf arall. Byddent yn dal i gwrdd ambell waith, gan drysori pob eiliad o'r cyfarfodydd prin yna, er eu bod yn siarad gyda'i gilydd yn ddyddiol trwy lythyrau.

Un bore yn yr hydref olaf, pan oedd y gwlith yn

ddafnau trwchus ar y gwair, a dail y coed yn llonydd a tharth yn anwesu'r afon, eisteddai'r ddau ar garthen ar y cerrig. Roedd eu cefnau tua'r wawr ac o'u blaenau ymestynnai'r afon am hanner canllath cyn y tro ger cartref ei nain. Er nad oedd yr haul wedi ymddangos dros y grib eto, roedd y dyffryn yn goleuo'n gyflym, ac ar wyneb yr afon lonydd roedd eu cysgodion yn syllu arnynt. Darlun perffaith.

Rhyddhaodd Ayman ei sgarff gan ddatgelu'r wyneb a welai Hani bob nos cyn cysgu. Dannedd gwyn, llygaid brown tywyll a chroen golau oedd wedi cael ei warchod rhag yr haul cryf. Yn ei ffroen dde roedd addurn aur. Oddi tano roedd ei gwên, gwên oedd ar ei hwyneb fyth ers iddi droi ato ar y bore cyntaf hwnnw yn niniweidrwydd eu plentyndod a chyflwyno'i hun yn ffurfiol,

'Helô, Ayman ydw i. Dwi'n hoffi dweud straeon.' Roedd Hani wedi gwrido.

'Hani ydi dy enw di, yntê? Ti eisiau dod i chwarae?'

O'r eiliad honno, hi oedd yn arwain y sgwrs, y gyfeillgarwch, y berthynas a'r garwriaeth ddiniwed. Gwelai Hani hyn i gyd ar wyneb yr afon oedd fel gwydr. Glaniodd pry bychan gerllaw, mor ysgafn ar ei chwe choes fel na thorrodd drwy wyneb y dŵr, er y gwelent hwnnw'n gwegian dan ei bwysau.

Cafodd Hani syniad. Cyflymodd ei galon. Agorodd ei law yn araf cyn gwyro ac ymestyn ei fraich, nes bod ei fysedd yn hofran uwchben ei hadlewyrchiad. Mor agos nes y teimlai oerfel yr afon. Roedd ei law ar fin torri'r dŵr. Ond arhosodd yr adlewyrchiad, ac roedd ei fysedd yn cyffwrdd ei gwên. Nid oedd angen geiriau arnynt.

Llusgodd yr haul dros grib y mynydd gan daflu pelydrau melyn dros eu hysgwyddau a goleuo wyneb yr afon. Disgleiriai'n euraidd yng ngolau'r bore bach. Gyda thro deheuig o'i arddwrn taflodd Hani garreg lefn ar ei hochr nes ei bod yn dawnsio dros y dŵr mewn camau llydan. Tasgodd ewyn gyda phob naid a wnâi'r garreg, gan greu enfys fechan berffaith a ddiflannai mewn amrantiad wrth i'r nesaf ddechrau disgleirio, a ffurfio cadwyn olau, liwgar. Byrhau wnaeth camau'r garreg nes iddi fethu â neidio rhagor, cyn suddo o'r golwg i waelod yr afon.

Anialwch

Halen oedd y rheswm pam yr hudwyd y llwyth i'r cwm caregog yng nghysgod y mynydd, man a fu'n gartref i dduwiau am ganrifoedd. Wedi cenedlaethau'n eu cynnal, nawr roedd yn bygwth dinistrio un o'r teuluoedd.

Cawsai'r halen daith hir i'r cwm. Cyn bod neb yn cerdded ar y ddaear, tarodd dau gyfandir pengaled yn erbyn ei gilydd. Gwrthododd yr un o'r ddau ag ildio modfedd, ond cafwyd cyfaddawd, a chrëwyd cadwyn o fynyddoedd ucha'r byd pan wthiwyd y ddaear tua'r nen, gan ynysu llynnoedd anferth filoedd o droedfeddi uwchben lefel y môr. Dros y canrifoedd, berwodd haul creulon yr ucheldir y moroedd hyn yn araf deg, nes bod dim ar ôl ond dyffrynnoedd llwm yn cartrefu cerrig a meini a lluwchfeydd hallt. Ni fentrodd neb i'r ardal lom am amser maith, heb sôn am geisio ymsefydlu yno.

Ond pan gyrhaeddodd cyndeidiau'r nomadiaid, wedi'u gorfodi gan newyn i fentro ymhellach nag arfer i chwilio am borfeydd newydd, buan iawn y sylweddolwyd fod y cnwd gwyn naturiol yn diogelu dyfodol eu plant. Yn y rhan hon o'r byd, roedd halen yn werth ei bwysau mewn aur.

Felly, sefydlwyd patrwm oedd yn cael ei ailadrodd yn flynyddol. Pan ddechreuai'r eira gilio byddai'r teuluoedd gwytnaf yn cyrraedd y cwm gyntaf, gan sefydlu gwersyll a dyfai'n raddol dros y dyddiau a'r wythnosau canlynol. Yn fuan roedd carfanau hir o yak yn cario'r halen trwy fylchau cul yn y mynyddoedd i'r dyffrynnoedd poblog y tu draw iddynt: i wledydd Pacistan, Affganistan a China. Wnaeth neb ffortiwn, ond gwnaed mwy na digon i gynnal cenedlaethau o'r nomadiaid.

Mewn ambell fan, roedd yr halen wedi ymffurfio'n feini caled ac wedi'i wasgaru trwy'r dyffryn. Cymerai dau ddyn ddiwrnod o forthwylio dygn i dorri ambell lwmp yn dalpiau y gellid eu cario. Bob gwanwyn byddent yn dechrau llwytho cefnau eu yak gyda'r aur gwyn, cyn ei gludo i'r marchnadoedd. Dychwelent a pharhau i lwytho nes dyfodiad y stormydd cyntaf. Er bod haenen denau o eira wedi cymysgu bellach â'r halen yn y dyffryn, roedd un teulu ar ôl. A chan fod gwraig ifanc Lhakpa, arweinydd y gangen hon o lwyth y Pashtun Kuchi, ar fin rhoi genedigaeth, nid oedd neb am feiddio symud heb air ganddo ef.

Gosodwyd pabell o groen a gwlân du hir yr yak yng nghysgod craig anferth, ac ynddi roedd dwy ddynes yn dioddef. Gorweddai'r ferch ger y tân, gyda'i mam yn gafael yn ei llaw. Gallai'r wraig ifanc weld trwy ddefnydd y babell, er ei bod yn dal dŵr ac yn atal y gwynt. Gwelai'i gŵr, arweinydd y llwyth, yn cerdded yn ôl a blaen gan dynnu'n galed ar ei bibell. Feiddiai'r ddau flaidd o gi oedd yn gorwedd gerllaw ddim mentro ato, gan eu bod yn synhwyro'i deimladau. Erbyn hyn, safai'r arweinydd tenau gyda'i wefusau wedi'u tynnu'n ôl, gan ddangos dannedd hir melyn ac ambell fwlch a dant aur. Ceisiai reoli'i deimladau. Fe'i blinwyd gan gymysgedd o bryder am ei wraig a'r plentyn na welodd olau dydd eto, a dicter poeth at y sefyllfa. Ac ofn. Ofn oedd yn ei barlysu. Roedd yn rhaid gadael y dyffryn yn fuan neu byddent wedi'u carcharau yma, a diflannu wnâi eu tynged nhw hefyd, fel y moroedd gynt. Sut oedd ef i fod i wybod fod stormydd y gaeaf am gyrraedd wythnosau'n gynt eleni?

Dau ddewis anodd oedd yn ei wynebu. Gallai adael gyda gweddill ei deulu, ond byddai hynny'n bygwth iechyd ac efallai bywyd ei blentyn a'i wraig. Teimlai ei hun yn cael ei rwygo. Ei ddyletswydd ef oedd sicrhau a diogelu dyfodol ei lwyth, ac fel arfer buasai hynny wedi'u gorfodi i adael y cwm ers dyddiau. Eto, gwyddai fod ei gariad tuag at ei wraig yn ei hoelio i'r cwm. Nid oedd am ei gadael. Ni fedrai. Efallai bod y mab y bu'n dyheu amdano ar fin cael ei eni.

Roedd pedair o'i ferched yn chwarae yn yr halen gerllaw, gan gadw'n ddigon pell rhag gorfod gwrando ar riddfan eu mam. Roedd y bumed ferch, Elenya, oedd ond yn bedair, yn ei diddori'i hun trwy ddefnyddio darn o bren i dynnu lluniau yn yr halen. Cafodd ddigon ar chwarae gyda'i chwiorydd, er ei bod yn hwyl bod yn ganolbwynt pob gêm. Y ferch ieuengaf oedd ffefryn pawb, a hi gâi'r sylw wrth chwarae bob tro. Ond er ei bod yn ifanc, roedd yn ofni dyfodiad y babi. A fyddai'n cymryd ei lle hi, meddyliodd?

Roedd ei hwyneb llydan yn fudr a'r croen dros esgyrn uchel ei bochau wedi deifio'n goch tywyll gan yr haul a'r gwynt. Gwisgai drowsus coch, esgidiau o groen yak a thair hen siwmper wlân o wahanol faint ar ôl ei chwiorydd. Roedd ei gwallt du yn glymau trwchus nes peri iddi edrych yn debyg i ddraenog. Fel'na roedd gwallt pawb ar ôl haf hir yn y cwm, yn gymysgedd o faw, chwys a mwg y tân. Gan fod yn rhaid cario dŵr yma neu doddi rhew – a chymerai hynny oriau lawer oherwydd yr awyr denau – nid oedd neb yn ymolchi nes cyrraedd y dyffrynnoedd gwyrdd heibio i'r bylchau uchel, yn yr hydref.

Dywedodd y ferch hynaf yn gyfrinachol wrth ei chwiorydd y deuai diwrnod pan fyddai'n rhaid iddyn nhw i gyd orfod wynebu'r hyn roedd eu mam yn ei ddioddef. Dechreuodd y ddwy oedd yn deall ystyr hynny wylo, ac ymunodd yr ieuengaf ond un, nes i'r hynaf eu bygwth â'i llaw. Deg oed oedd hi.

Safai Sonam, gwas Lhakpa, gerllaw yn pwytho cyfrwyau oedd wedi torri. Fo oedd yn gofalu am yr anifeiliaid, ac roedd yn waith caled. Roeddent wedi synhwyro ers dyddiau fod y tywydd ar fin troi ac roeddent yn awyddus i adael. Felly bu'n rhaid iddo glymu rhaff arall am gyrn pob un i'w rhwystro rhag ffoi. Bu'n gweithio'n galed drwy'r dydd yn hel popeth at ei gilydd, gan weddïo am orchymyn i godi pac.

Treuliodd y bore'n ymladd â phob yak yn ei dro, gan afael yn y cyrn miniog a gorfodi'r anifeiliaid i orwedd, cyn tywallt llond cwpan o halen i'w cegau.

Golchai hwnnw i lawr eu cyrn gyddfau â dŵr, a'u gorfodi i lyncu'r cyfan. Byddent angen yr halen ar gyfer y daith. Ysai am gael gadael. Cymysgedd o ofn a pharch tuag at ei arweinydd oedd yn ei gadw yno.

Er bod Lhakpa'n ceisio cuddio'i deimladau, roedd problem enfawr ganddo. Roedd ei wraig wedi dioddef fel hyn ers tridiau. Ganwyd y merched i gyd yn ddidrafferth o fewn oriau. Ai fo oedd i'w feio? Efallai na ddylai fod wedi mynnu ei bod yn gwneud y daith galed i'r gwersyll uchel ar gefn ceffyl a hithau'n feichiog. Ond nid oedd eisiau colli genedigaeth ei etifedd.

Roedd wedi caniatáu i weddill y llwyth adael ddeuddydd ynghynt, ac roedd pob diwrnod a dreulient yn teithio ymhellach yn gwanhau ei rym a'i awdurdod ac yn cryfhau ei elynion yn y llwyth. Yr ergyd olaf oedd y salwch rhyfedd a darodd fam ei wraig echnos, nes peri iddi fethu â siarad, ac roedd ochr chwith ei chorff yn ddiffrwyth. Hi oedd yr unig un a wyddai beth i'w wneud adeg genedigaeth. Ofnai Lhakpa fod yr amser yn prysur nesáu pan fyddai'n gorfod gwneud penderfyniad anoddaf ei fywyd – bywyd ei blentyn ynteu ddyfodol y teulu.

Nid oedd erioed wedi gofyn am gymorth gan neb o'r blaen ond, wrth glywed gwaedd ddiweddaraf ei wraig, gweddïodd yn dawel gan addo gwneud unrhyw beth i'w Dduw petai'n ei helpu.

Dychrynwyd ef gan gyfarth gwyllt. Y ddau gi oedd wrthi, yn gwneud eu gwaith fel gwarcheidwaid, gan dynnu sylw pawb at gysgod bychan oedd wedi ymddangos heibio i graig ym mhen pella'r dyffryn. Rhewodd ei ferched yn eu hunfan. Gwaeddodd arnynt gan eu cyfeirio at geg y babell. Rhedodd y pedair yn ufudd. Tynnodd ei reiffl o'r wain ledr oedd ar ei geffyl. Hen Lee Enfield oedd y reiffl, un a adawyd gan filwr mewn cot goch i'w hen, hen daid cyn y rhyfel am y bylchau uchel. Gwthiodd fwled i'r dryll a cherdded at ei gŵn oedd yn rhybuddio'r teithiwr unig. Er gwaethaf bygythiad eu cyfarth, daliai hwnnw i gerdded tuag atynt.

Craffodd Lhakpa gan gysgodi'i lygaid rhag yr haul. Ni welai neb arall ac nid oedd unrhyw fath o gysgod y gallai dyn guddio tu ôl iddo chwaith. Ymlaciodd, ond daliodd ei afael ar ei reiffl. Roedd wedi gwthio dioddefaint ei wraig i gornel ei feddwl am y tro. Gwelai nawr fod y dyn yn gloff, a'i fod yn gwisgo lliain golau am ei ben a gwisg lac frown a du dros ei holl gorff. Amlygai hon ddüwch croen ei wyneb a'i ddwylo. Pan oedd o fewn clyw, arhosodd cyn agor ei ddwylo a chyfarch Lhakpa.

'Salaam Alaikum.'

Ni allai Lhakpa siarad Arabeg ond deallai ddigon i adnabod cyd-Fwslim, a gwyddai beth oedd yr ateb traddodiadol. 'Alaikum Salaam,' meddai Lhakpa. Yna ychwanegodd y teithiwr y cyfarchiad syml, sydd yn ddigon i rai i gael ei gydnabod a'i dderbyn fel Mwslim. 'Al Allah il Allah. Mohammed rasul Allah.' Gosododd ei law ar ei frest a dweud, 'Mohammed' gan foesymgrymu, cyn pwyntio tuag at y de ddwyrain a dweud yn syml, 'Mecca'.

Ymlaciodd Lhakpa. Dim ond un arall yn gwneud ei bererindod i'r safle sanctaidd. Gwelsai nifer dros y

blynyddoedd, er na wyddai o ba wlad y deuai hwn.
Tybed a oedd hwn mor eithafol ei gred â'r
ymladdwyr eraill a welai'n aml yn yr ardal? Ni
chafodd gyfle i ystyried beth i'w wneud nesaf.

Rhwygodd sgrech ei wraig trwyddo fel dagr o rew.
Trodd ar ei sawdl a llamu i'r babell gan gythru'r
croen yak trwchus oedd yn cysgodi'r fynedfa.
Gwasgarodd ei blant fel gwenith yn y gwynt o flaen
ei ruthr. Eisteddai ei wraig gan bwyso ar ei mam ac
roedd ei dwylo'n gwasgu ysgwyddau esgyrnog
honno nes tynnu gwaed bron. Roedd yn sgrechian
nawr ac yn ymbil ar ei gŵr. Ni theimlodd yntau mor
ddiffrwyth yn ei fywyd.

Clywodd draed ar dywod y tu ôl iddo ac roedd y
teithiwr yn sefyll yno. Gymaint oedd ei ofn, roedd
wedi anghofio nad oedd wedi cynnig i'r teithiwr
ddod i mewn i'w gartref. Cododd hwnnw'i
ysgwyddau a phwyntio at y wraig. Defnyddiodd
Lhakpa ei ddwylo i nodi tri gan bwyntio at yr haul a
symud ei law tua'r gorwel fel petai'n machlud.
'Tridiau,' meddai, 'tridiau ers iddi ddechrau teimlo'r
boen,' er y gwyddai na ddeallai'r teithiwr yr un gair
roedd yn ei ddweud.

Pwyntiodd y teithiwr at y plant. Nodiodd Lhakpa
gan gyfri 'pedair' ar ei fysedd cyn pwyntio at ei
wraig a chodi bawd i nodi pump. Gosododd
Mohammed ei law ar ei frest eto ac yna actio magu
baban. Dangosodd ddau fys, yna pwyntio at wraig
Lhakpa a chodi trydydd bys a chodi ysgwyddau eto.
Cafodd ei ateb yn sgrech arall gan y wraig a
gwthiodd Lhakpa ef at ei wraig.

Roedd Jon Clark, neu Mohammed fel y bedyddiwyd ef gan ei dad, ac fel y cyflwynodd ei hun i'r nomadiaid hyn, wedi helpu'r nyrsys a'r fydwraig i eni babanod dwy ddynes pan ddewisodd wneud ei dri mis o waith ysbyty, fel rhan o'i wasanaeth yn y gwarchodlu cenedlaethol, ar ward y plant. Y cyfan oedd ar ei feddwl drwy'r dydd wrth gerdded oedd gweld y dref yn ffrwydro'n goch a du a chyrff yn cael eu gwasgaru fel gwair adeg cynhaeaf. Dyma'i gyfle i unioni'r ddysgl fymryn.

Ar ôl rhoi archwiliad sydyn i'r wraig, sylweddolodd yn syth mai problem syml oedd yn ei llethu, sef bod traed y babi yn lle'r oedd y pen i fod. Ond roedd angen tawelu ofnau'r fam a oedd wedi gwanhau'n arw ar ôl methu â bwyta ers dyddiau. Defnyddiodd Jon ei ddwylo i ofyn am ddŵr poeth a chadachau.

Nid oedd erioed wedi gwneud dim byd o'r fath ar ei ben ei hun, a brwydrodd i dawelu'i ofnau. Os byddai'n gwneud camgymeriad fe fyddai'n lladd dau berson arall. Canolbwyntiodd, gan geisio cofio popeth y gwelodd y nyrsys yn ei wneud.

Wedi brwydro am awr, llwyddodd i ryddhau'r baban ac fe gafodd ei eni, wedi dyddiau o ddioddef, a'i roi ym mreichiau'i dad wrth iddo roi'i sgrech gyntaf. Roedd wyneb a chefn Jon yn wlyb gan chwys, a'i ddwylo'n crynu. Suddodd ar y llawr gan anadlu'n drwm.

'Fy mab,' meddai Lhakpa. 'Fy mab.' Wylodd am y tro cyntaf er pan oedd yn blentyn. Edrychodd ar Mohammed.

'Diolch yn fawr. Mae fy nyled i, a dyled y llwyth, yn anferth iti.' Er na ddeallai hwnnw'r iaith, gwyddai beth oedd y neges.

Llewygodd y fam ac wylodd y nain. Sychodd Mohammed wyneb y wraig ifanc gydag un o'r cadachau gwaedlyd a gwenodd Lhakpa wrth fynd ati i lanhau ei fab. Yna dechreuodd gynllunio'r daith.

Gorchmynodd Lhakpa yrru'r merched ymlaen gyda Sonam tra dilynai ef gyda'i wraig a'i fab newyddanedig y bore wedyn. O fewn dim roedd Sonam wedi llwytho'r yaks. Paciodd y babell fawr gyda chymorth Mohammed cyn dechrau gyrru'r anifeiliaid llwythog yn eu blaenau. Roedd yn rhaid gadael y cwm cyn gynted â phosibl. Gwelai gymylau duon yn casglu tu draw i'r mynyddoedd, ac roedd y gwynt a chwibanai trwy'r dyffryn yn oerach nag y bu ers y gaeaf.

*   *   *

Gadawodd Hani ddinas Chitral cyn iddi wawrio, a chyn yr alwad foreol i weddïo hyd yn oed. Cerddai ynghanol pymtheg o ddynion, deuddeg tua'r un oed ag ef, a thri arall yn ddynion hŷn, caletach, tawelach – ac arfog. Yn fuan setlodd i batrwm oedd i barhau am y mis nesaf: cerdded drwy'r dydd wrth iddynt ddilyn hen lwybrau masnach trwy'r mynyddoedd a'r dyffrynnoedd gan anelu am yr arfordir. Fel arfer byddent yn gwersylla gan fwyta'r cig sych oedd ganddynt a berwi dŵr o'r nentydd bychain i wneud te. Yn aml wrth baratoi i noswylio, clywent saethu a bomio yn y dyffrynnoedd islaw. Clywai'r brwydro bob dydd drwy'r awyr chwilboeth, a gweld ei fflachiadau yn y nos wrth grynu dan ei flanced denau.

'Pwy sy'n saethu at ei gilydd?' gofynnodd i arweinydd y criw.

'Llwythi'r Pashtun sydd yn ei chanol hi yn fama,' atebodd yntau gan ddefnyddio'i Kalashnikov i bwyntio. 'Yn y dyffryn yna maen nhw'n ymladd milwyr Pacistan, yn yr un acw dros y ffin milwyr Affganistan a gwledydd y Gorllewin.' Oedodd a throi i edrych ar Hani. 'Ac mae milwyr America'n mynd i bobman,' meddai, 'felly cadwa lygad barcud o dy amgylch trwy'r adeg.'

Wrth iddi fachlud wedi pythefnos o gerdded gwelodd Hani eu bod yn dilyn nifer o gamlesi oedd wedi'u hamgylchynu gan blanhigion gwyrdd a blodau coch. Roeddent yn cerdded tuag at wal uchel, oedd ar gopa llethr dyffryn dwfn. O edrych yn fanylach sylweddolodd fod y wal foel o bridd a mwd yn amgylchynu clwstwr o dai.

'Byddwn yn ddiogel yma. Llwyth y Pashtun Ahmadzai sy'n byw yma,' meddai'r arweinydd. 'Mi gawn lety a bwyd da heno,' meddai gan rwbio'i stumog. Daeth dyn ifanc yn gwisgo cap glas a chrys gwyn llaes allan i'w croesawu gyda'i freichiau ar led. 'Khosh amadid,' meddai, ac yna roedd bwrlwm y cyfarch traddodiadol yn eu tafodiaith gras yn byrlymu rhyngddynt. 'Chetor hastid? Be khair hastid? Bakheir hastid.'

Yna arweiniodd y dyn ifanc nhw trwy'r fynedfa

lle gadawodd pawb eu hesgidiau. Caewyd a chlöwyd y giât bren drwchus ar eu holau. Aethant i eistedd mewn ystafell lydan fyglyd oedd yn llawn dynion; gorchuddiwyd ei waliau gan garpedi cywrain. Sylwodd Hani fod rhai o'r carpedi wedi'u haddurno â lluniau crefyddol ac eraill â pheiriannau mawr. Trodd at ddyn ifanc o'r pentref a gofyn iddo, 'Chi ast?' gan godi'i ysgwyddau'n awgrymog. 'Hofrenyddion y Rwsiaid ydi'r rheina,' atebodd hwnnw. 'Yn fuan bydd lluniau rhai'r Americanwyr yma hefyd. Shaitan ydan nhw.' Gwelodd yr olwg ddryslyd ar wyneb Hani. 'Dyna 'dan ni'n galw'r diafol yn y rhan yma.' Er eu bod yn hanu o'r un llwyth, ac yn siarad yr un iaith, ar brydiau roedd yn anodd deall popeth. Pwyntiodd at helmed ar y wal. 'Mi gafodd honna'i gadael yma gan filwr mewn cot goch yn amser fy hen daid,' meddai. 'Yn y pentref nesaf mae tanc a adawyd gan y Rwsiaid, ac rydan ni i gyd yn gobeithio y bydd un o awyrennau'r Americanwyr yma rhywbryd hefyd.'

Er na welodd Hani'r merched a'r plant, clywai nhw'n siarad a pharatoi i fynd i gysgu yn yr ystafell nesaf.

Eisteddai hen ddyn ym mhen pella'r ystafell o'r drws, ac fe gymerodd pawb arall eu lle yn ôl statws, teulu neu gyfoeth. Roedd Hani ger y drws. Ni ddywedodd yr hen ddyn air drwy'r nos, dim ond smocio'n galed ar ei beipen ddŵr a chwerthin a chanu'n dawel wrtho'i hun. Wedi mwynhau pryd o gig dafad oedd wedi'i ladd fel teyrnged iddyn nhw, dechreuodd gweddill y dynion smocio o ddifrif a chwarae cardiau. Roedd rhai'n trafod datblygiadau diweddaraf y rhyfel, a'r dadleuon dros ac yn erbyn y Sheik bin Laden. Ond nid oedd gan Hani ddiddordeb yn y sgyrsiau hyn.

Gorffwysodd yn erbyn y wal. Dyma'i gyfle. Roedd digon o olau yma iddo ddarllen, a sylw pawb arall ar y cardiau a'r trafod.

Bob cam o'i daith roedd wedi bod yn meddwl am Ayman, ac ofnai pe na bai'n cadw darlun ohoni yn ei feddwl y buasai'n anghofio sut yr edrychai. Felly canolbwyntiai ar bob manylyn ohoni, a phopeth a ddywedodd wrtho. Nawr gallai ddarllen y llythyrau am y tro cyntaf ers gadael Chitral. Yn yr ystafell fyglyd a swnllyd teithiodd Hani 'nôl i'w dref enedigol trwy gyfrwng y llythyrau, a hyd yn oed wedi i bawb arall fynd i gysgu, daliodd ati i ddarllen, i gyfeiliant bleiddiaid yn udo a'r cŵn yn eu hateb.

Yn y bore cawsant frecwast o de melys, cnau a bara cyn ailgychwyn ar eu taith. Roedd Ayman yn cydgerdded gyda Hani fel arfer. Erbyn y noson honno roeddent ar ochr arall y dyffryn, ac yn paratoi fynd i gysgu eto dan y sêr. Gallai weld ambell olau gwan yn dod o'u lletŷ y noson cynt yn y pellter. Yna daeth cawod o fellt gyda'i gilydd, a ffrwydradau llachar, gan foddi'r golau bychain.

'Americanwyr,' meddai'r arweinydd yn neidio ar ei draed gan afael yn dynn yn ei reiffl Kalashnikov. 'Awyrennau. Diffoddwch y tân, peidiwch â symud.' Rhuodd taranau o ffrwydradau draw i'w gwersyll. Mor gyflym ag y dechreuodd roedd y storm ar ben, gan adael fflamau'n mudlosgi yn y pentref lle cawsant letŷ a chroeso y noson cynt.

'Ddylsen ni fynd i'w helpu?' gofynnodd Hani. Ysgydwodd yr arweinydd ei ben gan ofalu fod pawb yn gorwedd yn llonydd. 'Na, does dim byd fedrwn ni ei wneud dros y rheina. Gweddïa eu bod nhw'n marw'n sydyn. Merthyron yden nhw. Fory mae gen ti daith hir arall o dy flaen. Cysga.'

Ni chysgodd Hani am oriau, ond addawodd iddo'i hun na fyddai'n aros yn hir cyn dychwelyd adref i weld Ayman eto.

Croeso

Ofnai'r ci bach du ei fod am gael cic arall, neu y byddai rhywun yn sathru arno eto, felly rhedai â chamau bach o gysgod i gysgod gan grio'n dawel. Roedd ofn arno ac roedd yn unig am y tro cyntaf yn ei fywyd. Y cyfan a wyddai oedd nyth clyd ei fam a chwmni a chynhesrwydd ei frodyr a chwiorydd, nes i ddwy law afael ynddo a'i godi.

Fe'i gollyngwyd mewn bocs moel yng nghornel pabell fawr. Clywai sŵn pobl ac roedd hynny'n ddieithr iddo. Roedd yn crynu. Mentrodd o'r gornel lle bu'n swatio a phenderfynodd fod yn rhaid iddo ddod o hyd i nyth ei fam eto. Safodd ar ei goesau ôl a ffroeni'r awyr. Gallai arogli cŵn eraill yn agos. Neidiodd a phlannu'i ewinedd miniog yn ochr y bocs a thynnu'i hun nerth ei bawennau nes ei fod yn tagu am anadl. Roedd ei goesau ôl fel melin wynt yn ei wthio i'r copa, tra tynnai gyda'i bawennau blaen cyn disgyn tin dros ben i'r llawr yr ochr arall. Roedd wedi dianc! Ond dyna ddechrau'r hunllef o fygythiadau, gweiddi a chicio tan iddo gwrdd â hi.

Elenya oedd ei henw ac roedd hi'n bedair oed. Byth ers y gallai gofio roedd wedi byw mewn pabell gyda phawb yn gwneud ffws fawr ohoni a mynnu ei chario a'i bwydo a chwarae gyda hi. Ond ychydig wythnosau 'nôl fe ddaeth babi i'r babell, a nawr roedd pawb, gan gynnwys ei mam a'i thad, yn gwneud dim ond chwarae gyda'r dieithryn bach hwn. Ceisiodd Elenya wylo a sgrechian a thynnu ar drowsus ei mam a'i thad, ond y cyfan ddigwyddodd oedd bod pobl yn gwenu arni a siarad gyda'i gilydd a chynnig mwy o lefrith hallt, seimllyd iddi.

Yn ddistaw bach, edrychai mlaen at weld y baban yn tyfu fel y gallai chwarae gyda hwnnw, a dangos pwy oedd y bòs. Ond tan hynny byddai'n rhaid iddi ddifyrru'i hun a cheisio sicrhau nad oedd neb yn anghofio amdani.

Penderfynodd ei bod am fynd i guddio; roedd hynny wedi gweithio bob tro yn y gorffennol wrth i'w theulu ddod i chwilio amdani cyn rhoi sylw mawr iddi eto. Roeddent wedi cyrraedd y gwersyll newydd y diwrnod cynt, ar ôl taith ddiflas drwy'r eira o'r mynyddoedd. Ond ni ddaeth neb i chwilio amdani er bod amser cinio wedi hen fynd heibio, a nawr dyma hi'n crwydro drwy'r gwersyll ar ei phen ei hun yn llwglyd ac unig ac oer.

Yna gwelodd y ci, oedd mor fach fel y gallai fod wedi'i godi yn ei breichiau byr. Cyflymodd ei chalon. Bu'n erfyn ar ei thad am gi ond ni wnaeth ddim ond chwerthin, gan ddangos y teirw bach o gŵn oedd ganddo'n barod. Creaduriaid hyll oedd y rheiny, dim byd tebyg i'r ci hwn oedd yn syllu arni â llygaid mawr du. Roedd ei gynffon wedi cyrlio fel un mochyn, ond ei bod ar i fyny fel coeden ac yn pwyso ymlaen dros ran isaf ei gefn.

Cerddai gyda choesau crymanog fel dyn meddw wedi bod yn marchogaeth ceffyl. Prin roedd y rheiny'n medru dal ei bwysau. Nid oedd yn gallu cyfarth hyd yn oed, dim ond crio'n isel yn ei wddf, gan ei hatgoffa o grio'i brawd bach yn y babell.

Ar ei drwyn roedd fflach o wyn ond, fel arall, du oedd ei got feddal. Edrychai'n ofnus i ddechrau, gan gilio oddi wrthi. Ond wedi cymryd cam neu ddau yn ôl gwelodd fod y person yn gwenu arno ac yn estyn llaw agored tuag ato. Cerddodd ati gan stwffio'i drwyn gwlyb i'w llaw fudr ac fe'i cododd yn ei breichiau a disgyn mewn cariad plentyn gyda'r ci. Llyfodd yntau ei hwyneb gyda thafod bach cynnes nes ei bod yn gwichian chwerthin, gan anghofio popeth am y babi oedd wedi dwyn y sylw i gyd. Nawr roedd ffrind ganddi hithau hefyd.

*   *   *

Yn ei babell cynigiodd Lhakpa de i'w westai, yr un a'i cyflwynodd ei hun fel Mohammed, a'r un a achubodd fywyd ei wraig a'i fab. Diolchodd hwnnw gan foesymgrymu'i ben ychydig a derbyn y cwpan gyda blaenau bysedd ei ddwy law. Caeodd ei ddwylo'n raddol amdano a sugno'r gwres ohono. Roedd ei ddwylo'n llyncu'r cwpan gwydr oedd â bron ei draean yn llawn o ronynnau siwgr. Cododd y rheiny'n gymylau yn y te pan ollyngodd Lhakpa lwy fechan arian i mewn ynddo.

Disgynnodd y siwgr yn araf nôl i waelod y cwpan fel eira, gan ailffurfio'n waddod yno cyn i Mohammed wlychu'i wefusau'n ofalus. Ni allent ddeall iaith ei gilydd ond roeddent yn cyfathrebu'n eitha da trwy siarad â'u dwylo a thynnu ystumiau. Dyna'r arfer yn y rhan hon o'r byd, lle'r oedd yn gyffredin i lwythau siarad ieithoedd estron hyd yn oed â'u cymdogion agosaf. Dyna sut y diolchodd Lhakpa iddo am eni ei fab a chynnig iddo gyddeithio gyda nhw drwy'r mynyddoedd.

Roedd Mohammed wedi dangos ei werthfawrogiad trwy weithio'n galed ar y daith am y mis diwethaf, gan helpu gyda'r anifeiliaid a'r plant pan oedd angen. O weld eu tlodi, roedd yn falch iddo gladdu'i oriawr drudfawr gyda gweddill ei offer. Buasai symbol mor amlwg o gyfoeth wedi chwalu eu ffydd ynddo fel pererin cyffredin. Ond teimlai'n euog wrth gofio faint a dalodd amdani.

Mohammed oedd y gwestai, ac roedd dyletswydd ar y llwyth i'w warchod. I ddangos ei barch byddai Lhakpa'n bersonol yn paratoi bwyd a diod iddo. Aeth ati i dylino blawd a darnau o gig mewn bag lledr drewllyd. Gosododd y rhain ar gerrig poeth ger y tân i grasu'n araf.

Gollyngodd dalpiau mawr o fenyn caled i grochan, yna llond dwrn o halen, cyn dechrau cymysgu'r cyfan ar dân o dail yak sych ynghanol y babell. Wedi berwi'r cyfan am ddeng munud tywalltodd yr hylif i lathen o gangen drwchus a gafniwyd yn ofalus i ffurfio llestr hir, gwag. Cymerodd ddarn o bren tua hanner llathen o hyd, ac yna gwthio hwn i mewn i'r corn gwag, cyn ei godi a gwthio i lawr eto. Pwmpiodd felly, yn gyflymach a chyflymach, nes bod y gymysgedd wedi hidlo a'r darnau o fenyn caled wedi gwasgu i mewn i'r te. Tywalltodd hwn yn ofalus i gwpan ei westai wrth i hwnnw ei ddal o'i flaen yn ei ddwy law.

Dim ond wedi iddo weld Mohammed yn cymryd llymaid y llenwodd Lhakpa ei gwpan ei hun, yn ôl arfer ei lwyth. Bob tro y cymerai Mohammed lymaid, byddai Lhakpa'n ail-lenwi'r cwpan, ac felly ymlaen nes bod y te wedi gorffen.

O focs pren, dewisodd Lhakpa ddyrnaid o fadarch du llydan yr oedd wedi'u casglu ar y daith o'r mynyddoedd. Ei dad a'i dysgodd pa rai oedd yn ddiogel i'w bwyta, ble i gael hyd iddynt, a phryd. Yn ystod y blynyddoedd nesaf byddai'n trosglwyddo'r wybodaeth i'w fab a'i ferched.

Cymerodd goes yak oedd wedi'i halltu ac yn crogi ar fachyn ar raff rhwng dwy ffon, cyn defnyddio cyllell finiog a gadwai mewn pwrs lledr yn ei boced i dorri stribedi oddi arni. Mwydodd y rheiny wedyn mewn powlen yn llawn o win cartref cryf wedi'i wneud o reis.

Rhoddodd badell ffrio ar y tân, ac wedi torri'r tatws yn ddarnau sgwâr, dechreuodd eu ffrio gydag ychydig o fraster hallt yak, cyn ychwanegu'r madarch a nionod sych. Pan oedd y braster wedi toddi a'r tatws yn troi'n frown, ychwanegodd y stribedi o gig gydag ychydig o'r gwin nes bod cymylau o stêm yn hisian o amgylch y babell. Cymysgodd y cyfan gyda llwy bren a barnu pryd y byddai'n barod trwy flasu bob ychydig funudau.

Pan oedd y bwyd yn barod, llenwodd bowlen bren i'w westai cyn rhannu'r gweddill rhwng ei deulu. Eisteddai'r rheiny ar glustogau ar y llawr o'i amgylch. Dosbarthodd y cig wedi'i grasu yn y blawd. Llowciodd y plant y bwyd cyn cael eu hesgusodi i fynd allan i chwarae. Dim ond wrth fwyta, wrth gysgu neu ynghanol tywydd garw yr oeddent yn cael treulio unrhyw amser yn y babell.

Ni wyddai Lhakpa pwy oedd ei westai, ond roedd arno ddyled enfawr iddo ac ni wyddai sut y gallai byth ddiolch iddo. Roedd rhywbeth ynghylch y dyn oedd yn ei anesmwytho, ond rhoddodd y meddyliau hynny o'r neilltu a chanolbwyntio ar ei ddyletswydd a'i letygarwch.

Roedd ar fin cynnig smôc iddo mewn pibell bren pan chwalwyd yr olygfa heddychlon gan weiddi tu allan, cyn i hollt y babell gael ei thaflu ar agor gan un o'i ferched yn rhedeg â'i gwynt yn ei dwrn. 'Dynion arfog!' gwaeddodd.

Chwaer hŷn Elenya, oedd yn chwarae ar fryn gerllaw, a welodd y marchogion gyntaf, gan redeg i babell ei thad a gweiddi ar weddill y teulu. Er nad oedd ond yn chwech oed, deallai ddigon fod angen rhybuddio am unrhyw beth newydd neu wahanol a welai. Nid gêm plant oedd hon. Gwyddai ei theulu hefyd pa mor bwysig oedd gwrando ar unrhyw rybudd, ac o fewn eiliadau roedd yr oedolion yn hel eu plant i'r cysgod gan gasglu a noethi eu harfau ar yr un pryd.

Anfonodd Lhakpa ei westai, Mohammed y gŵr a achubodd fywyd ei wraig a'i fab cyntaf, i ben pella'r babell cyn camu allan yn bryderus. Nid oedd am gymhlethu unrhyw drafodaethau gyda dieithriaid a oedd yn amlwg ar gyrch pwysig a pheryglus. Ni fasai neb yn mentro gyrru ceffylau i fyny'r dyffryn yr adeg hon o'r flwyddyn heb reswm da.

Yn raddol, trodd y cwmwl ar y gorwel yn fryncyn bychan o dywod a llwch cyn dadorchuddio hanner dwsin o farchogion arfog. Gwisgent ddillad llaes a fu unwaith yn lliw golau ond a oedd bellach yn drwm gan lwch. Cododd un ohonynt ei law dde a gwelodd Lhakpa wain ledr gyda chleddyf yn gorffwys ynddi. Gwyddai pwy oedd y gŵr hwn, ac fel arfer buasai'n fwy na pharod i'w helpu.

'Cyfarchion,' meddai'r arweinydd, Azis Khan. 'A gawsoch chi gynhaeaf halen da?' gofynnodd yn ffurfiol gwrtais, ond roedd ei lygaid yn sgubo dros y gwersyll.

Cyn ateb, roedd Lhakpa wedi sylweddoli fod y marchog yn gwybod pwy ydoedd ac o ble roedd yn dod. 'Do, er bod y tywydd bron â'n dal,' meddai, yr un mor gwrtais. Trodd i edrych dros ei ysgwydd ar y mynyddoedd. 'Dwi erioed wedi gweld, nac wedi clywed, am stormydd y gaeaf yn cyrraedd mor gynnar.'

'Cyfnod rhyfedd,' cytunodd y marchog.

'Mae'r bylchau uchel wedi'u cau bellach dan eira,' meddai Lhakpa. 'Os oeddech yn bwriadu parhau eich taith, dwi'n ofni na fedrwch fynd ymhellach.'

Ofnai Lhakpa fod y dynion yma'n chwilio amdano ef. Yr adeg hon o'r flwyddyn, ni fyddai neb arall yn y rhan yma o'r mynyddoedd am gannoedd o filltiroedd.

'Diolch am dy gyngor.' Ymgrymodd Azis ei ben fymryn. 'Efallai na fydd yn rhaid i ni fynd mor bell â hynny. Rydym yn chwilio am ddyn – un o'r gelynion, peilot awyren ryfel sydd wedi llofruddio merched a phlant. Milwr o America.' Bron na phoerodd y marchog y gair. Tawelodd ei lais a phwysodd ymlaen yn y cyfrwy. 'Welaist ti, neu unrhyw un arall, ddieithryn yn y mynyddoedd yn ddiweddar?' Gwenodd wrth ofyn gan edrych dros ysgwydd Lhakpa tuag at weddill y teulu.

Teimlai Lhakpa fel petai'n cael ei rwygo rhwng dyletswydd ac arferion ei lwyth. Fel arweinydd, roedd disgwyl iddo warchod y gwestai, pwy bynnag ydoedd. A hwn achubodd ei wraig a'i fab. Ond os oedd yn ddiniwed, yna doedd bosib na fyddai'r *mujahideen* yn ei ryddhau ar ôl ei holi? Ei ddyletswydd oedd gwarchod ei deulu. Roedd wedi gweld dros y blynyddoedd beth wnâi'r dynion hyn i bobl wrth eu holi. Gan nad oedd y dieithryn a gysgodai yn ei babell yn siarad unrhyw un o'r ieithoedd lleol, roedd yn amau na welai wawr arall petai'r rhain yn cael gafael arno.

'Dim ond ffŵl fasai'n dewis teithio drwy'r mynyddoedd yr adeg yma ar ei ben ei hun,' meddai'n dawel gan edrych i fyw llygaid y marchog arfog gyda'r trwyn fel pig eryr. 'A dim ond ffŵl fasai'n helpu'r gelyn.'

'Felly dwyt ti heb weld neb?' gofynnodd yr arweinydd eto, yn fygythiol.

'Dwi heb weld unrhyw ddieithryn,' meddai Lhakpa gan ddewis ei eiriau'n ofalus, 'a phe bawn i'n gweld rhywun, mi faswn yn ei ladd ar unwaith. Fedrwch chi ddim bod yn rhy ofalus y dyddiau hyn.'

Edrychai'r marchog eto dros ysgwydd Lhakpa ac yna ar y ceffylau.

'Na. Ond cofia, os wyt ti *yn* lladd rhywun dieithr, dy fod yn torri'i ben a'i gadw i mi neu un o'm swyddogion.' Gorffwysai ei law ar garn ei gleddyf. 'Mi dala i'n hael iawn os llwyddi di i'w ddal yn fyw. Dywed hynny wrth unrhyw un rwyt ti'n dod ar ei draws.'

'Mi wna i hynny ar bob cyfrif,' meddai Lhakpa.

'Cofia rybuddio hefyd: mi gosba i unrhyw un wnaiff ei helpu.' Oedodd cyn ychwanegu gyda'i lygaid wedi'u hoelio ar wyneb Lhakpa, 'A phob aelod o'i deulu'n ogystal.'

Curai calon Lhakpa'n galed a bu bron iddo â chwydu. Safodd fel delw nes bod y marchogion a'r cymylau o lwch roeddent yn eu taflu i'r awyr wedi hen ddiflannu.

Lleisiau'r plant a'i deffrôdd o'i fyfyrdod. Nid oedd troi 'nôl yn bosib, a byddai'n rhaid sicrhau nad oedd neb yn dweud gair. Poenai am y plant a oedd eisoes wedi mabwysiadu'r dyn ifanc fel eu clown a'u gwarchodwr. Ofnai hefyd ei fod wedi pechu arweinydd y *mujahideen*, ac y byddai'n gorfod talu'n ddrud am hynny.

Roedd ateb syml i'w broblem – ateb a fyddai'n diogelu ei deulu. Gallai saethu ei westai tra bod hwnnw'n cysgu a chadw'r pen i hawlio'r ernes gan y *mujahideen*, a chreu stori i egluro popeth. Ateb hawdd. Ond nid un y gallai ei gyflawni. Roedd ei ddyled i'r gŵr yn rhy ddwfn i hynny.

*   *   *

Wedi gadael y gwersyll bychan, gyrrodd y marchogion eu ceffylau'n galed am awr, cyn gorffwys ar gopa bryn uwchben afon lwyd. Gallent weld gwersyll y masnachwyr halen yn y dyffryn.

Tynnodd yr arweinydd fap o'i ysgrepan a'i daenu dros graig isel tra bod dau o'i ddynion yn gafael bob pen iddo. Defnyddiodd Azis gyllell a gadwai mewn gwain guddiedig yn llawes ei grys i bwyntio at y llwybrau tenau, a farciwyd yn goch ar y map.

'Dyma dref Tal, a'r dyffryn lle saethwyd yr awyren. Mi gafodd ei gweld yn hedfan gan boeri mwg cyn ffrwydro rhywle tua'r ardal hon.'

Camodd Jehangir yn agosach at y map. 'Cawsom hyd i weddillion awyren yn yr ardal yma, a darnau o gorff hefyd.'

'Gwelodd bugail un parasiwt yn cael ei chwythu i'r cyfeiriad yma.' Pwyntiodd Azis gyda'r gyllell at ran arall o'r map, 'ac fe gafwyd hyd i weddillion awyren yn yr ardal ger mynydd Tirich.' Oedodd gan graffu ar y map a mesur amser cerdded yn ofalus.

'Dau ddewis fyddai ganddo, oherwydd y mynyddoedd. I'r gogledd mae llwybr anodd os nad amhosibl yr adeg yma o'r flwyddyn, neu i'r de, llwybr haws, a gwlad gyfeillgar yn Pacistan.' Edrychodd ar wyneb ei ryfelwyr, ond nid oedd neb am fentro yngan gair.

'Rhaid ei fod wedi mynd i'r de, ac felly dylem fod wedi ei weld bellach neu o leiaf ddod ar draws ei lwybr.'

Rhyfeddai Azis na chafodd wahoddiad i aros am baned a phryd o fwyd gyda'r masnachwr halen.

Dyna'r drefn arferol. Bu'n rhaid iddo frathu'i dafod, ond addawodd y byddai'n dial am hyn ac roedd ei waed yn berwi. Roedd rhywbeth o'i le yn y gwersyll. Ond ni allai beryglu ffrae gyda'i lwyth trwy fynnu edrych yn y pebyll, yn enwedig gyda chyn lleied o ddynion arfog yn ei gwmni y pnawn hwnnw.

'Dwi ddim yn gwybod beth oedd yn bod yn y gwersyll, ond dwi am aros yma a chadw golwg arno.' Pwyntiodd at dri o'i ryfelwyr. 'Dwi am i chi eich tri ddilyn y llwybr am bedair awr rhag ofn ei fod wedi cuddio yn rhywle. Allai o ddim mynd yn bellach oni bai ei fod wedi dysgu hedfan.'

Ni fentrodd neb wenu, gan fod yr olwg hyll ar wyneb Azis yn eu rhybuddio ei fod mewn tymer ddrwg. Roedd wedi pigo cledr ei law â'i gyllell nes bod dafnau o'i waed yn troi'n ddu yn y llwch islaw.

Priodas

Trefnwyd y briodas ddeng mlynedd ynghynt pan gytunodd tad y ferch i dderbyn rhodd hael o arian ac anifeiliaid gan arweinydd llwyth cyfagos. Ond, yn bwysicach, roedd y briodas yn uno'r ddau lwyth. Cawsai'r rheiny eu gwasgu a'u bygwth ers blynyddoedd gan eu cymdogion yn y mynyddoedd yng ngogledd Affganistan, lle nad oedd unrhyw awdurdod ond awdurdod y dryll.

Roedd y briodas i'w chynnal mewn gwersyll drosdro, yn dilyn saith niwrnod o gystadlu traddodiadol oedd heb newid fawr ers canrifoedd. Dyma gyfle i farchogion gorau a gwŷr cryfaf y ddau lwyth arddangos sgiliau fyddai o gymorth iddynt, nid yn fygythiad i'w gilydd. Byddent yn marchogaeth ar gefn ceffylau chwim gan daro targedau â bwa a saeth, fel y gwnaeth eu cyndeidiau ers cenedlaethau. Yn dilyn hyn byddai'r goreuon yn defnyddio bwa a saeth i geisio taro targedau symudol oedd yn cael eu tynnu ar olwynion gan yr un ceffylau chwim. Byddai'r dynion trymaf yn diosg eu crysau i reslo â'u gwrthwynebwyr nes bod un â'i wyneb yn y pridd ac yn erfyn am drugaredd wrth i'r dorf chwerthin.

Wedi'r cystadlu roedd y dathlu'n dechrau. Gan fod y buddugwyr a'r rhai oedd wedi'u trechu bellach wedi'u huno gan y briodas, gallent ymhyfrydu yn y ffaith mai dibynnu ar sgiliau ei gilydd fydden nhw o hynny mlaen, ac nid gorfod eu hwynebu ar faes y gad.

Ar ganol y dathlu ar y diwrnod olaf pan oedd y canu, yr yfed a'r cyfeillgarwch newydd ar ei anterth, dechreuodd y dynion ifancaf danio'u reiffls i'r awyr yn eu cyffro – ac arfau trymach hefyd. Defnyddient fwledi arbennig; roedd pob pumed bwled yn *tracer*, bwled a losgai'n oren llachar ac a oedd yn help i anelu'n gywir mewn brwydr. Gyda'r nos, mewn priodas, roedd yn lliwgar, yn swnllyd ac yn hwyliog. Edrychai fel bys o dân yn ymestyn am y nen er nad oedd yn cyrraedd yn uwch na mil o droedfeddi, cyn i'r darnau bychan o fetel ddisgyn i'r ddaear fel glaw poeth.

Ugain mil o droedfeddi uwchben, roedd awyren ysbïo America yn cadw golwg agos ar y ddaear gyda chamerâu nerthol. Chwilio am Osama ac unrhyw un a edrychai fel terfysgwr oedd eu bwriad. I rai o'r milwyr oedd wedi hen ddiflasu ar eu gwaith, roedd y fflachio ar y ddaear yn esgus perffaith am ddial ac am ychydig o hwyl.

'Galwa am gyrch bomio ar y targed yma,' meddai'r capten a eisteddai yn ei ddwb metel ysgafn o awyren gan ddarllen rhes o rifau fyddai'n ddedfryd o farwolaeth i'r rhai oedd yn dathlu ar y ddaear. Yfodd gegaid o'r coffi chwerw o'r cwpan plastig a nythai mewn twll yn y ddesg o'i flaen. Oedodd ei is-swyddog, a eisteddai drws nesaf iddo, gan gofio am y canllawiau diweddaraf.

'Ydan ni'n siŵr fod gelyn yma? 'Dach chi'n

cofio'r helynt diwethaf pan fomiwyd y pentref anghywir?'

Chwerthin wnaeth y capten. 'Anghywir? Maen nhw i gyd yn elynion, felly sut allwn ni fod yn anghywir? Dim ond y ffyliaid yn y wasg sy'n honni'r fath rwtsh.' Ond cofiodd beth ddigwyddodd i yrfa'r swyddog diwethaf a orchmynnodd fomio pentref. 'Ond rhag ofn, gwell galw am gyrch plannu hadau. Rhag ofn . . .'

Cyfeiriai at bolisi newydd, cyfrinachol, lle gellid trefnu bod milwyr y lluoedd arbennig mewn hofrenyddion yn glanio ar safle unrhyw fomio, i blannu arfau a thynnu lluniau er mwyn profi fod y gelyn go iawn wedi'i daro y tro hwnnw. Ac os oedd unrhyw un diniwed a ddigwyddai fod yn yr ardal yn cael eu lladd, eu bai nhw am roi lloches i'r gelyn fyddai hynny. Dyna ddywedodd y cyrnol dienw, yn ei siwt ddrud, yn y cyfarfod yn eu pencadlys yn yr anialwch.

Gwnaeth yr is-swyddog y ddwy alwad dros y radio er gwaetha'i ofnau fod cyflafan arall o bobl ddiniwed ar fin digwydd. Gorchymyn oedd gorchymyn. O fewn munudau roedd awyrennau rhyfel yn anelu am y briodas i chwydu'u cargo marwol. Mewn gwersyll arall roedd milwyr mewn dillad du yn camu i hofrennydd gan gario bagiau o arfau a chamerâu fideo cyn gadael ar eu cyrch nhw. Roedd pawb yn ffyddiog y byddent 'nôl mewn pryd i wylio ffilm ddiweddaraf George Clooney yn sinema'r gwersyll.

*   *   *

Er ei fod ar goll ynghanol mynyddoedd oedd yn frith o ddynion arfog fyddai'n ei ladd ar amrantiad petaent yn amau pwy ydoedd – a fyddai'r ffaith iddo gael ei fedyddio'n Mohammed yn helpu dim – ymlaciai Jon ychydig mwy bob dydd. Teimlai'n fwy cartrefol yma nag ar unrhyw adeg yn ystod y misoedd a dreuliodd yn y gwersyll yn yr anialwch. Derbyniwyd ef yn agored gan y llwyth wedi i Lhakpa'i gyflwyno, a chafodd ambell wên pan ddatgelodd y sgiliau saer coed a ddysgodd gan ei dad, er mwyn cerfio teganau syml i'r plant, creu saethau i'w bŵau a thrwsio olwyn ambell gert.

Mwynhaodd wylio'r machlud y noson honno, wrth i'r belen oren suddo dros y mynyddoedd. Dyna'r arwydd i ryddhau'r cysgodion hir a dreiddiai trwy'r dyffryn gan lapio'u bysedd oer o amgylch y pebyll a gorfodi'r nomadiaid i wisgo'u dillad cynnes.

Safai ar gyrion y pebyll yn edrych tua'r canol lle'r oedd tân uchel yn cynhesu a goleuo'r safle. Cadwai ei ddwylo'n gynnes trwy afael yn y cwpan yn llawn o win poeth a gafodd gan Lhakpa. Gwyliai'r plant hŷn yn chwarae o amgylch y pebyll, gan gadw'n ddigon pell oddi wrth yr oedolion. Dawnsiai rhai o'r rheiny o amgylch y goelcerth i gyfeiliant criw o offerynwyr oedd yn chwarae ffidil, drwm a gitâr ac amrywiol bibau tra bod eraill yn siarad yn frwd gyda'i gilydd.

Yng ngolau'r fflamau gwelai ferch yn gwisgo trowsus coch yn chwarae gyda chi. Byddai'r ci'n prancio draw ati cyn neidio wysg ei ochr ac yna llamu ati a cheisio brathu'i thraed. Gwichiai'r ferch yn uchel, ei hwyneb crwn yn strempiau duon o faw, ac roedd ysgwyd ffyrnig ei gryman o gynffon uwch ei gefn yn tystio i fwynhad y ci. Rhwymwyd cadach glas am wddf y ci gan ei berchennog newydd.

Er bod Jon yn ceisio peidio â meddwl amdano, roedd ei daith yn mynd ag ef yn agosach at y diwrnod pan fyddai'n rhaid iddo ffarwelio â'r llwyth. Ond teimlai lonyddwch a boddhad y bywyd syml yma nes peri iddo ddechrau anghofio am yr hunllef a'i harweiniodd yma. Tybed a fedrai aros yma am byth?

Clywodd daranau yn y pellter a throdd i chwilio am y mellt fyddai'n rhybudd o storm arall. O'r hyn a ddeallai o'u hiaith, dyma'r hydref rhyfeddaf o dywydd a welsai'r llwyth erioed. Gyda'r nos, byddai'r hen bobl yn eistedd o amgylch y tân gan ysgwyd eu pennau a rhybuddio fod gwaeth i ddod.

Rhewodd yn ei unfan gan sylweddoli nad taranau a glywodd. Gwelodd y ci yn sefyll yn ei unfan am eiliad, gan droi a chodi'i drwyn i arogli'r awyr cyn sgrialu i gysgodi ger traed y ferch oedd yn credu fod hyn yn rhan o'r gêm. Ond roedd y ci'n crynu. Felly hefyd Jon, oherwydd roedd wedi adnabod sgrechian rocedi a chwibanu isel awyrennau oedd yn agosáu ar wib.

O gornel ei lygaid gwelai'r goelcerth lle roedd y bobl yn dathlu'n ddiniwed o'i hamgylch, a dyfalodd mai dyma fyddai'r targed. Nid oedd gobaith ganddynt. Ond gallai achub y ferch. Gollyngodd ei gwpan gan ddechrau rhedeg at y ferch a bloeddio rhybudd. Trodd hi ato gan edrych yn syn, ac roedd ar fin ei chyrraedd a'i chyffwrdd â'i law pan sugnwyd y gwynt o'i ysgyfaint a theimlodd ei ddillad yn cael eu tynnu ymlaen. Caeodd ei lygaid yn dynn, ond treiddiodd fflach y ffrwydrad drwy ei amrannau cyn i gorwynt cynnes ei godi oddi ar ei draed fel doli glwt a'i hyrddio 'nôl trwy'r awyr. Glaniodd yn glewt ar lawr gan daro'i ben ar y ddaear galed nes bod ei glustiau'n canu wrth i'r gwersyll gael ei chwalu gan y bomiau a'r fflamau.

Dieithryn

Pan sylwodd Hani ar y bêl griced yn llosgi ar y sgrin deledu, teimlodd ei galon yn troi'n dalp o rew. Roedd arno eisiau chwydu a sgrechian yr un pryd. Y tro olaf iddo weld y bêl honno roedd Haji, ei frawd bach, yn ei thaflu nerth ei fraich tuag at wiced roedd Irfan, ei frawd arall, yn ei hamddiffyn ar y wal ger eu cartref.

Cyffyrddodd ei law sgrin lychlyd y set deledu hynafol wrth iddo wylio gweddillion ei dref enedigol yn llosgi'n ffyrnig ond yn fud, ar ôl cael ei bomio gan bum awyren ddu a saethodd ar draws y sgrin mewn eiliadau. Cofiodd weld y rheiny'n sgrechian uwch ei ben pan neidiodd y ceffyl dros y clogwyn ar y diwrnod y ffarweliodd â'i fam. Pam na fuasai wedi troi 'nôl? Pam na fuasai wedi aros gydag Ayman, i'w gwarchod? Pam y gadawodd ei deulu? Teimlai mor hunanol. Syllodd ar y sgrin gan geisio gweld unrhyw arwydd bod ei deulu, a hithau, wedi goroesi. Oedd hi'n dal yn fyw, neu a oedd hi'n farw yr holl wythnosau hir y bu'n teithio a gweithio? Ni fedrai ddychmygu bywyd hebddi.

Byth ers iddo gyrraedd y dref hon yn yr anialwch, teimlai fel pe bai mewn hunllef. Cafodd daith anodd i gyrraedd ar ôl cerdded am bron i fis. Wedi cyrraedd ychydig filltiroedd o'r arfordir yn Pacistan, mor agos nes y gallai flasu'r heli ar y gwynt cynnes, cafodd lifft mewn hen lorri gyda'r dynion eraill cyn cyrraedd porthladd ynghanol nos. Cawsant eu rhoi ar gwch rhwyfo hynafol. Ond roedd yn rhaid iddynt wagio'r dŵr ohoni'n gyson â bwcedi plastig glas neu byddai'r bad wedi suddo cyn cyfarfod y cwch pysgota. Hwnnw oedd i'w gludo dros y môr i Dubai, lle'r oedd addewid am waith a chyflogau hael.

Glaniodd y cwch pysgota wrth i'r wawr dorri, a gadawyd Hani a gweddill y darpar-weithwyr ar draeth caregog. Roedd y môr yn llwyd a llonydd. Ymestynnai'r anialwch o'u hamgylch ond, ar y gorwel, gwelent ddiwedd y daith. Edrychai fel coedwig i Hani nes iddo fynd yn nes, ar ôl oriau o gerdded, a sylweddoli mai adeiladau uchel oedd y rhain yn codi o'r tywod. Poenai y byddai'r daith adref yr un mor galed, a theimlai'r pellter rhyngddo ef ac Ayman yn cynyddu bob dydd.

Ar ei fore cyntaf yn y ddinas o wydr yn yr anialwch, bu'n rhaid iddo ymuno â dwsinau o ddynion ifanc eraill oedd yn disgwyl yn amyneddgar yn y gwres y tu allan i swyddfa'r weinyddiaeth gyflogaeth. Cawsai'i rybuddio gan y ddau bregethwr yn Chitral fod yn rhaid iddo beidio â thynnu sylw ato'i hun, neu câi ei daflu allan o'r wlad, a byddai hynny'n costio'n ddrud iddo. Cawsai bapurau adnabod ffug ganddynt. Arian oedd ei gymhelliad i fod yno ac, fel pawb arall o'i amgylch, roedd yn fodlon dioddef unrhyw beth er mwyn ennill cyflog da i'w anfon at ei deulu. Felly safodd am bum awr yn yr haul cryf heb gysgod. Crychodd ei lygaid nes bod cur pen ganddo oherwydd yr heulwen oedd yn llosgi'i groen tywyll ac yn adlewyrchu'n ffyrnig oddi ar yr adeiladau concrid a beintiwyd yn wyn.

Atseiniai llais cras trwy uchel-seinydd yn eu rhybuddio i gael eu papurau'n barod. Cerddai dwsinau o blismyn mewn siwmperi glas tywyll, yn cario pastynau rwber hir gymaint â hyd braich, ar hyd y rhesi. Byddai'r esgus lleiaf yn ddigon i wneud iddynt daro heb rybudd a llusgo'r troseddwr o'r golwg y tu ôl i'r adeiladau gwyn.

Roedd Hani ar fin ymyrryd i helpu un dyn oedd yn gwaedu'n drwm ac yn dal i gael ei guro'n galed, pan deimlodd law yn gwasgu'i fraich yn galed.

'Paid â gwneud dim. Fedri di mo'i helpu,' meddai'r dyn ifanc oedd yn gwisgo het haul lydan o wellt.

'Ond maen nhw'n ei ladd,' protestiodd Hani gan bwyntio at yr adeilad. Clywid pastwn yn taro corff a griddfan dyn am yn ail â'i wylo.

'Ydyn,' atebodd hwnnw yn dawel. 'Os ti isio bod y nesaf, tria helpu. Mae'n well peidio â rhoi esgus iddyn nhw.' Disgynnodd ysgwyddau Hani ac ysgydwodd ei ben.

'Paid byth â rhoi esgus iddyn nhw. Sohail ydw i,' meddai'r cyfaill newydd, gan gynnig ei law. 'O ba ran o Bacistan ti'n dod?'

Er bod peidio â helpu yn groes i'w reddf, roedd Hani'n dysgu'n gyflym yn y ddinas ffug hon. Ond siom gafodd o pan gyrhaeddodd y swyddfa eang lle roedd y dyn mewn siwt yn eistedd y tu ôl i ddesg bren ac iddi wyneb gwydr. Gobeithiai am waith mewn swyddfa, gan y clywsai fod y rheiny'n talu'n dda. Gwenu heb godi'i lygaid oddi ar ei ddesg wnaeth y dyn. Roedd gweddillion ei wallt wedi glynu wrth ei ben moel gan chwys. Cymerodd ei enw heb edrych arno a rhoi cerdyn melyn yn ei law; rhoddai'r cerdyn hawl iddo weithio yn y wlad am hyd at ddwy flynedd. Cafodd ddarn budr o bapur gyda rheolau a gorchmynion ac amodau'r cyflog arno, ond nid oedd yn deall y rheiny.

Sohail eglurodd y manylion wrtho am y cyflog pitw wrth ddangos ei gartref newydd iddo – nid oedd hwnnw ond pentwr o flychau metel hirsgwar a ddefnyddid i gario cargo ar longau. Amgylchynwyd y safle gan weiren bigog a heddlu arfog. Tu fewn i'r blychau metel, adeiladwyd gwelyau bregus o bren yn flêr ar ben ei gilydd. Nid oedd ffenestri yn y bylchau, ac roedd yn rhaid golchi popeth yn yr un tap dŵr oedd i'w rannu rhwng tua ugain o ddynion. Byddent yn coginio yma hefyd, ond o leiaf roedd yr haul cryf yn helpu pawb i godi wrth iddynt ffoi o'r popty ben bore. Sohail ddangosodd iddo lle'r oedd y mosg, wedi'i chuddio ar y cyrion ac yn agos i'r môr. Fuodd Hani erioed mor falch o weld y cryman ar do'r adeilad.

Yn yr hunllef yn Dubai, y mosg oedd yr unig le y teimlai'n gartrefol ynddo, ac roedd yn rhyddhad cael cyfle i ddarllen a gwrando ar eiriau cyfarwydd y *Qur'an*. Byddent yn mynd yno unwaith yr wythnos am ddiwrnod cyfan, a gyda'r nos ddwywaith yr wythnos hefyd. Nid oedd llawer o amser rhydd ganddo, ac roedd wedi ymlâdd yn llwyr bob nos.

Ond arhosodd y cof am Ayman yn gwmni iddo, a'i gwên oedd yn rhoi'r nerth iddo godi bob bore. Dechreuodd gyfri'r dyddiau nes y byddai'n ei gweld eto. Wrth ddarllen y llythyrau cyn cysgu, clywai ei llais yn glir.

Cawsai lythyr o gyflwyniad gan y pregethwr byr yn Chitral i'w roi yn llaw arweinydd y mosg, a'i siarsio i beidio â'i roi i neb arall. Roedd wedi'i ysgrifennu mewn Arabeg, ac ni ddeallai Hani air o'r llythyr. Gwisgai'r pregethwr yma gap crwn o frodwaith gwyn ac roedd cadwyn weddïo – llinyn lledr ac arno beli bychan coch – yn ei law.

Wedi cyflwyno'r llythyr iddo ar ei ymweliad cyntaf â'r mosg, cafodd groeso cynnes a'i gynghori i gwrdd â nhw bob wythnos. Cyflwynwyd ef hefyd i Asma, gweithiwr ifanc arall fyddai'n gofalu amdano. Hwn a'r pregethwr ddaeth i fod yn gyfeillion agosaf iddo yn y ddinas, bob amser yn barod i siarad a gwrando, a'i wahodd i ymuno yn y cyfarfodydd trafod a gynhelid y tu allan. Yno gallent fwynhau'r awel o'r môr gan fod yr adeiladau'n llethol o boeth erbyn naw bob bore.

Byddent yn cwrdd mewn criw cyn diosg eu sandalau a ffurfio cylch o amgylch y pregethwr tanbaid, a phawb yn edrych ar y ddaear. Eisteddai'r pregethwr gyda'i goesau wedi'u croesi gan ddal ei ddwy law o'i flaen gyda'r cledrau tua'r nen.

Roedd y cyfarfodydd yn wahanol iawn i'r rhai roedd Hani wedi bod ynddynt o'r blaen, gan eu bod yn gwahodd pawb i siarad yn eu tro ac i ganolbwyntio ar eu profiadau a'u hofnau. Caent eu hannog i adrodd eu hanesion am unrhyw ddioddefaint, ac roedd y cynghori a ddilynai'r sesiynau bob tro yn pwysleisio y byddai'r holl ddioddef hyn yn peidio â bod pe bai'r Mwslemiaid yn rheoli. Ar y cychwyn, roedd Hani'n gyndyn i siarad, ond roedd y pregethwr yn benderfynol, fel pe bai'n gallu darllen ei feddwl ac yn gwybod am ei brofiadau. Adroddodd am hanes salwch ei dad a thrigolion eraill ei dref.

'Y pregethwr, Mashtaq, oedd y cyntaf i amau bod melltith ar y dref,' meddai Hani. Teimlai'n anghyffordddus gan fod pawb yn edrych arno.

'Roedd pobl o bob oed yn cael eu taro'n wael a byth yn gwella. Mi fuodd fy chwaer a 'nhad farw. Dwi'n meddwl bod pob teulu wedi gorfod gwylio'r clefyd yn bwyta corff aelod o'u teulu fesul tipyn. Yn y diwedd, doedd dim ar ôl ond swp o esgyrn mewn croen llac, a llygaid llawn poen.' Oedodd.

'Dal ati, Hani,' meddai'r pregethwr gan giledrych ar wynebau'r gwrandawyr eraill.

'Mi ddaeth meddygon ac arbenigwyr tramor i'r dref, o ben arall y byd, mewn cerbydau â baneri glas yn chwifio yn y gwynt. Un o'r dynion hyn, o wlad o'r enw Ffrainc, ddatgelodd y gyfrinach un noson ac yntau wedi meddwi ar alcohol cryf roedd wedi'i gudio yn nhanc dŵr ei gerbyd.'

Mashtaq oedd wedi egluro popeth wrth Hani ar ôl y sgwrs am gefndir y digwyddiad, a nawr dyma Hani yntau'n adrodd yr hanes ar lan Môr Arabia.

Tua hanner can mlynedd ynghynt roedd America'n poeni am arbrofion China a Rwsia gydag arfau niwclear a rocedi gofod, meddai'r tramorwr.

Bryd hynny roedd bron yn amhosibl iddynt gadw llygad ar yr hyn oedd yn digwydd tu ôl i'r Llen Haearn, felly anfonwyd eu dringwyr gorau i osod offer gwylio a chlustfeinio ar gopaon yn yr Hindu Kush a'r Himalayas. Dyfeisiadau ymbelydrol oedd y rhain. Cofiai Hani sut yr oedodd y dyn yn y cap glas i yfed yn drwm o'i botel cyn parhau â'i stori.

Ond, anghofiwyd cymryd y tywydd i ystyriaeth, ac wrth i'r eira doddi a rhewi am yn ail bob blwyddyn, llithrodd nifer o'r peiriannau gwylio oddi ar y mynyddoedd a chael eu llyncu gan yr afonydd. Bellach roedd yr arbenigwyr yn credu mai dyma oedd yn lladd pobl mewn sawl pentref a thref yng nghysgod y mynyddoedd. Ond nid oedd neb yn fodlon cyfaddef cyfrifoldeb, ac roedd llywodraeth Pacistan yn awyddus i warchod eu perthynas ag America.

'Felly cuddio ydi'n gwaith ni yma yn y bôn, nid datgelu, heb sôn am geisio helpu neb sy'n dioddef,' meddai'r arbenigwr trist.

Cofiai Hani bod dagrau yn ei lygaid wrth iddo ddweud ei stori, ac roedd yn ysgwyd ei ben fel pe bai pryfyn yn ei boeni. Wedi gwncud eu harbrofion gadawodd y gwyddonwyr gydag addewidion y byddent yn dychwelyd ag atebion a moddion. Ond, wrth wylio wyneb euog y gwyddonydd o Ffrancwr, gwyddai Hani mai geiriau gwag oedd y rhain.

Pan orffennodd Hani ei stori ar y llain o dir tu allan i'r mosg ar lannau Môr Arabia, sychodd ei ddagrau, a gwelodd y pregethwr yn gwenu'n garedig arno.

'Mi ddaw cyfle i gosbi'r rhai sy'n euog,' meddai gan annerch y dorf fechan oedd yn gwrando'n astud er ei fod yn dal i syllu ar Hani. 'Dengys y *Qur'an* hynny'n glir.' Aeth ati i egluro sut roedd eu llyfr sanctaidd yn cyfiawnhau ac yn annog *Jihad*, yr ymdrech yn erbyn y rheiny oedd yn gwneud i Foslemiaid ddioddef.

Pan ddaeth y cyfarfod i ben, gwahoddodd y pregethwr Hani, ynghyd â Sohail ac Asma, i'w ystafell bersonol i drafod ymhellach. Yno, dangosodd lle'r oedd y *Qur'an* yn cyfiawnhau, a hyd yn oed yn annog, ymosodiadau ar bobl oedd yn bygwth eu modd nhw o fyw, yn enwedig y *kufar*, yr anffyddiwr. Dyna oedd ei ddehongliad ef o'r gwersi.

Bob dydd gwelai Hani fwy a mwy o annhegwch ar y strydoedd; teimlodd frathiad pastwn yr heddlu fwy nag unwaith, a bob nos wrth geisio mynd i gysgu ar ei wely gwrandawai ar straeon o ddioddefaint ei gydweithwyr, pob un ohonynt yn Foslem. Ar y llaw arall, gwelai fywyd bras a diog y bobl oedd yn rhedeg y wlad hon, yn treulio oriau'n bwyta, yn yfed, yn gyrru ceir a hamddena tra bod pobl yn llwgu yr ochr arall i'r ffenestr wydr. Un noson fe safodd y tu allan i ffenest bwyty lle roedd dau fachgen o'r un oed ag ef yn gloddesta. Roedd plât mawr o flaen y naill a'r llall, a phlât llwythog arall ar ganol y bwrdd. Trodd y bachgen i edrych ar Hani unwaith, ond ni welodd unrhyw emosiwn ar ei wyneb. Teimlai fel pe bai'r bachgen yn edrych trwyddo.

Un diwrnod, pan ddaeth i'r mosg, teimlai Hani fod y pregethwr yn ei drin yn wahanol i'r arfer. Roedd yn disgwyl amdano, a dau ddyn dieithr mewn siwtiau yn sefyll bob ochr iddo. Aethpwyd â Hani i'r ystafell gefn a'i rybuddio fod stori ar y newyddion am ei dref. Yna gwelodd Hani luniau fideo crynedig. Adnabu'r dyffryn ar unwaith, ynghyd â'r bêl griced. Suddodd i'w bengliniau, ei ddwylo'n gorchuddio'i wyneb, pan welodd fag gwellt ei fam yn gorwedd ar ei ochr ger gweddillion cartref ei nain a'r ddwy goeden yn llosgi.

Ffarwelio

Ceisiodd Jon agor ei lygaid, ond roeddent wedi glynu wrth ei gilydd. Teimlai'r cerrig yn y ddaear yn gwthio i mewn i'w gefn. Ni fedrai symud ei ddwylo ond, yn raddol, llwyddodd i droi'i ben a'i rwbio yn y ddaear nes teimlo crachen yn rhwygo'n rhydd o'i groen a gwaed yn llifo'n boeth ar ei wyneb. Nawr gallai agor ei lygaid.

Trwy gyfrwng golau o'r tanau amrywiol oedd yn goleuo'r tir o'i amgylch, gwelai ffidil wedi torri ar y llawr o'i flaen, a hanner drwm gyda'r lledr wedi'i ddryllio. Roedd haenen o lwch tywyll dros bopeth a chlywai goed yn clecian wrth losgi. Clywai'r awel yn chwibanu'n uchel a gwynt cryf, fel drwm yn y pellter. Ond sŵn crio oedd agosaf.

Ugain llath oddi wrtho gwelai'r ferch yn y trowsus coch yn gorwedd ar ei chefn gyda'i llaw ar ei stumog. Clywai hi'n wylo, ac roedd yn sŵn a dorrai galon Jon. Nid oedd marc arni. Diolch byth. Rhaid ei bod yn rhy ofnus i symud.

Yn sefyll wrth ei hochr roedd y ci, a'i gefn at Jon. Roedd ei got ddu yn frith o lwch. Gwelai'r ci yn llyfu llaw y ferch, yna'n rhoi hanner brathiad cyn neidio nôl gam neu ddau gan ddisgwyl iddi godi. Ond ni wnaeth. Rhaid ei bod yn rhy ofnus o hyd, ond roedd Jon yn dal i'w chlywed yn wylo. Brathodd y ci ei llaw, a'r tro hwn fe geisiodd ei thynnu tuag ato, nes bod ei bawennau yn suddo i'r llwch a'i gynffon yn ysgwyd yn ffyrnig dan yr ymdrech ofer.

Taflodd y ci ei hun ar ei braich a chrafangu dringo gyda'i bawennau a'i ewinedd nes ei fod yn cerdded ar draws ei stumog, ac yna dros ei llaw arall cyn eistedd yn syllu ar ei hwyneb. Nid oedd y ci'n deall pam nad oedd ei ffrind newydd eisiau chwarae. Rhaid ei bod yn cysgu.

Roedd y ci wedi rhedeg i guddio pan ruodd y ddaear, ac roedd ei glustiau'n dal i frifo ar ôl y sŵn uchel. Ond byddai popeth yn iawn unwaith y byddai'i ffrind yn deffro. Mentrodd gam ymlaen, a gwelodd Jon ei dafod yn llyfu gên y ferch cyn iddo eistedd eto. Dyna pryd y sylwodd y peilot mai'r ci oedd yn crio, nid y ferch. Crio tawel, trist, yn erfyn am gwmni.

Trodd y ci ei ben yn sydyn. Clywodd Jon y sŵn yr un pryd hefyd. Dechreuodd crio'r ci ddwysáu gan ei fod wedi dychryn eto, ond roedd Jon wedi adnabod yr hofrenyddion yn syth. Cryfhaodd curo'r peiriannau nes i'r golau o'r tanau ddechrau ysgwyd wrth i wynt y sgriwiau daflu llwch i bob cyfeiriad.

Clywai leisiau Americanaidd yn gweiddi ar ei gilydd a gwelodd y milwyr yn nesáu. Gwisgai bob un ddillad du o'i gorun i'w sawdl; roedd helmedau bychan crwn, fel rhai sglefrfyrddwyr, ar eu pennau, a phadiau ar eu pengliniau. Cerddent fel crancod ac roedd golau laser coch yn disgleirio o'r reiffls a ddalient o'u blaenau. Gwelai ddau filwr yn cario bag rhyngddynt cyn ei osod ar lawr a thynnu amrywiol reiffls a gynnau eraill ohono a'u gwasgaru ar y llawr. Daeth milwr atynt, ond camera fideo oedd ganddo ef yn ei law, nid reiffl.

'Gwyliwch am fomiau wedi'u cuddio,' gwaeddodd milwr arall wrth gamu at y ferch. Ni sylwodd ar y ci oedd yn crynu gan ofn yn sefyll ar ei stumog ac yn gwrthod gadael ei ffrind. Ceisiai gyfarth ei rybudd, ond ni fedrai wichian hyd yn oed.

Sathrodd y milwr ar law'r ferch â'i esgid drom a chlywodd Jon yr esgyrn yn ei bysedd yn chwalu fel ergydion o ddryll. Clywodd y milwr ef hefyd a rhewodd yn ei unfan.

'Help! Help! Dwi 'di sefyll ar fom!' Ni symudodd fodfedd gan syllu ar y llawr a'i lygaid yn llydan agored.

Camodd milwr ato'n araf gan ddefnyddio ffon fetel fain hyd braich i wthio dan ei law ac esgid y milwr. Roedd yn canu'n ysgafn dan ei wynt. Yna gwaeddodd, 'Clir! Dim byd fama.'

'Arglwydd, roedd hynna'n agos,' meddai'r milwr oedd wedi sathru ar ei law.

'Dwi'n gwybod,' atebodd y llall. 'Gwylia lle ti rhoi dy draed y tro nesaf.' Ni chymerodd yr un o'r ddau sylw o'i chorff.

'Hei, edrych! Ci. Mae hwnna'n beth bach del, tydi?' Suddodd i'w gwrcwd. 'Ti meddwl y bysa rhywun yn sylwi petaen ni'n mynd â fo 'nôl i'r gwersyll efo ni?'

Chwerthin wnaeth ei gyfaill gan gynnig ei law i'r ci wrth i hwnnw noethi'i ddannedd ar y ddau ddyn oedd yn bygwth ei ffrind.

Gwelodd y ci'r llaw yn cythru tuag ato ac fe'i hatgoffwyd o'r tro diwethaf y digwyddodd hynny, pan gafodd ei wahanu oddi wrth ei fam. Roedd wedi methu â gwarchod ei ffrind a throdd a neidio oddi arni a sgrialu am gysgod nerth ei bawennau gan grio'n dawel yn ei wddf. Sylweddolodd Jon fod y ferch wedi'i lladd, a rhoddodd hynny nerth iddo geisio codi'i hun. Ceisiodd weiddi, ond dim ond cri floesg ddaeth allan.

Neidiodd un o'r milwyr yn ôl, a suddodd y llall ar ei ben-glin. Anelodd y ddau eu reiffls a'r golau laser coch ar y dyn oedd yn gorwedd, yn waed drosto. Roedd ei ben yn symud.

'Hei, mae hwn yn fyw. Os awn ni â fo 'nôl efallai y gallwn ei berswadio,' pwysleisiodd y gair olaf, 'i rannu gwybodaeth gyda ni,' meddai'r milwr, oedd o fewn asgell gwybedyn i danio'r gwn.

'Neu falle y cawn ni hyd yn oed benwythnos ychwanegol o wyliau gan y Cyrnol,' meddai'i gyfaill, ei fys yntau'n slic gan chwys.

Rhedodd y ddau yn eu cwman at Jon gan gadw'r reiffls arno nes eu bod wedi rhedeg eu dwylo dros ei gorff yn chwilio am arfau. Yna gwasgwyd gefynnau plastig am ei ddwylo cyn ei godi a'i lusgo tuag at un o'r hofrenyddion gerllaw.

* * *

Ar y bryn lle'r oedd y *mujahideen* wedi cysgodi, gorweddai'r dynion ar lawr a neb yn meiddio symud. Gwyddent mor nerthol oedd camerâu'r Americanwyr. Sibrydodd Jehangir yng nghlust Azis.

'Does neb wedi'i anafu ac mae'r ceffylau wedi tawelu o'r diwedd. 'Dan ni'n barod i adael.'

Gwenodd Azis cyn ateb. 'Mi fuon ni'n ffodus eto. Unwaith y bydd y rhain wedi gadael, dwi am i ddau ohonoch chi fynd i lawr i ffilmio'r gwersyll ac yna fe awn ni nôl i'r ogofâu. Gwell rhoi'r gorau i'r chwilio. Tydi un peilot ddim yn werth colli criw o ymladdwyr drosto.'

'Ond 'dan ni wedi cael mwy o ffilm newyddion,' meddai Jehangir gan geisio codi calon ei arweinydd.

'Do, mae hynna'n wir,' meddai. 'Symudwch yn ofalus ac yn gyflym. Mae'r hofrenyddion yma'n beryg bywyd.' Oedodd, cyn ychwanegu'n dawel, 'pan gawn ni'r rocedi newydd o Bacistan yr haf nesaf, mi fydd hi'n stori wahanol iawn.'

* * *

Yn yr hofrennydd, oedd wedi methu â gweld y *mujahideen*, ceisiodd Jon siarad, gan ddweud yn floesg, 'Capten Jon Clark, Awyrlu'r Unol Daleithiau, rhif 549667.' Syllodd y milwr yn hurt arno cyn gwthio'i wyneb yn agosach.

'Mae hwn yn swnio fel Americanwr.' Oedodd cyn sibrwd yn fygythiol, 'Os wyt ti'n dweud celwydd, neu, yn waeth fyth, wedi bradychu America, mi wthia i di allan o'r hofrenydd yma fy hun, ti'n dallt?' Gwelai ei fonws ariannol am ddal terfysgwr byw yn diflannu. 'Dwi 'di gwneud hynny o'r blaen ac mi wna i eto heb feddwl eilwaith.'

Ailadroddodd Jon ei enw cyn gorffwys ei ben ar

lawr metel yr hofrenydd a wynebu gweddillion y gwersyll lle cynhaliwyd y briodas.

Ger pabell oedd yn mudlosgi, gwelai gorff y ferch gyda'r wyneb budr yn y trowsus coch; roedd y ci wedi mentro 'nôl ati. Er bod peiriant yr hofrenydd yn byddaru Jon, roedd crio'r ci yn dal i atsain trwy ei ben. Taflwyd cymylau o lwch i'r awyr gan yr hofrenydd wrth iddo godi.

Y tro diwethaf y gwelodd Jon y ci bach du yn y sgarff las, roedd ei goesau crymanog yn camu'n grynedig i'r cymylau o lwch a'i llyncodd, a'i gynffon yn llusgo y tu ôl iddo fel aradr yn torri cwys trwy'r ddaear ddiffrwyth.

Arwr

Byth ers iddo ddychwelyd i'r gwersyll, roedd Jon wedi cael ei drin fel arwr. Bu yn yr ysbyty am dri mis yn gwella o'r anafiadau a ddioddefodd pan fomiwyd y gwersyll gan ei gyd-beilotiaid, ond bu'n destun eitemau newyddion nosweithiol gydol yr amser hwnnw.

Yna daeth yr erthyglau am wrhydri, a phawb yn rhyfeddu at ddyfeisgarwch y peilot a guddiodd yn y mynyddoedd am bron i chwe wythnos rhag y *mujahideen* arfog ar ôl cyrch bomio llwyddiannus. Ond pan dorrodd y newyddion am enw a gorffennol ei gyd-beilot, Carl Webster, aeth y cyfryngau'n wallgof gan redeg eitemau a rhaglenni cyfan arno. Canolbwyntiai'r rhain ar aberth yr actor ifanc a allai fod wedi aros gartre i fwynhau ei gyfoeth a'i enwogrwydd, ond a ddewisodd ymuno yn y 'rhyfel yn erbyn terfysg' oherwydd ei gariad at ei wlad.

Clywodd Jon fod sôn am wneud ffilm am ei brofiadau ef a stori Carl, ac roedd eisoes wedi cael cynigion gan nifer o asiantaethau a chwmnïau cyhoeddi a chynhyrchu ffilmiau. Roedd yr Arlywydd hyd yn oed – oedd wedi gweddïo am newyddion da o'r rhyfel roedd ef ei hun wedi'i gychwyn – wedi cyfeirio droeon at stori'r ddau beilot ifanc.

Yn ei wely yn yr ysbyty, wrth ddarllen a gwrando

ar y stori'n tyfu fel caseg eira, teimlai Jon yn anesmwyth iawn ynghylch y datblygiadau. Roedd wedi ceisio rhybuddio'i uwch-swyddog mai camgymeriad mawr oedd y cyrch bomio a'r cyrch achub. Arhosa tan yr ymchwiliad swyddogol, meddai hwnnw, ac fe gei ddweud popeth bryd hynny.

Ond, rhywsut, roedd y stori wedi datblygu bellach i swnio fel petai'r Americanwyr wedi cynllunio cyrch achub Jon yn fanwl, a bod hwnnw wedi gweithredu'n berffaith. Tysteb arall i rym a thechnoleg a goruchafiaeth America. Ceisiodd Jon ddweud y gwir yn gyhoeddus eto ond, unwaith yn rhagor, cafwyd perswâd arno i aros am ganlyniad yr ymchwiliad swyddogol.

Wrth iddo foddi'i hunllefau dros dro mewn bar yn Dubai, daeth dyn canol oed i eistedd wrth ei ymyl. Edrychai fel un o'r darlithwyr yn ei brifysgol. Roedd ei wallt wedi britho a'i sbectol yn crogi ar gadwyn arian am ei wddf. Gorchuddiwyd asgwrn ei ên gan farf.

'Tom Bukows. Dwi'n gweithio i'r *New Yorker*. Cwrw?' cynigiodd. Edrychodd Jon arno am eiliad cyn cynnig ysgwyd ei law.

'Jon Clark, er dwi'n ama dy fod ti'n gwybod hynna'n barod. Mi gymra i wisgi, o Iwerddon.'

Gwenodd y gohebydd. Roedd y bont gyntaf wedi'i chroesi.

'Stori anhygoel. Dwi wedi gorfod chwilio'n galed amdanat ti.' Oedodd y dyn i gymryd dracht o'r cwrw. 'Ond tybed fedri di fy helpu?' gofynnodd.

'Mae siarad yn waith sychedig,' meddai Jon, gan godi'i wydryn. 'Ond os fedra i, mi wna i, er bod rhesymau diogelwch yn golygu na ddylid cyhoeddi popeth,' llafarganodd Jon yr un bregeth gyfarwydd.

'Dwi wedi gweld lluniau o briodas yn cael ei bomio,' meddai'r gohebydd. 'Ar yr un noson gest ti dy achub, ac yn yr un ardal.'

'Rhyfel.' Bron na phoerodd Jon y gair. 'Camgymeriadau?' ychwanegodd yn chwerw. Cododd ei ysgwyddau'n ddifater.

'Sut llwyddaist ti i fyw yn y mynyddoedd?' gofynnodd Tom. 'Yn enwedig o gofio bod eira'r gaeaf wedi cyrraedd fis yn gynnar hefyd.'

'Lwc a hyfforddiant,' cynigiodd Jon gan lowcio'i wisgi.

Penderfynodd Tom fod yn rhaid gwthio'n galetach. 'Mae lluniau'r ymosodiad ar y briodas honno gen i,' meddai gan bwyntio at ei fag. 'Hoffet ti eu gweld?' Heb ddisgwyl am ateb, tynnodd gamera bychan allan a chwarae'r fideo amatur ar y sgrin.

Gwelodd Jon y gyflafan y bu'n rhan ohoni a rhythodd ar ei hunllef. Craciodd fel morglawdd wedi'i esgeuluso mewn corwynt, a gorlifodd y dagrau. Ond methodd â chadarnhau dim wrth y gohebydd ar lafar. Gwelodd hwnnw'i wyneb, a heb ddweud 'run gair, gwthiodd ei gerdyn cyswllt i boced Jon a'i siarsio i ddod ato i siarad pan fyddai'n barod.

Sylweddolai'r gohebydd werth y stori ac, wedi hen arfer ag achosion o'r fath, roedd yn barod i aros.

On'd oedd wedi aros misoedd am gyfle i dorri stori am y cam-drin yng ngharchar Abu Ghraib? Gallai aros y tro hwn hefyd. Yn ei brofiad ef, roedd rhywun yn rhywle wastad yn fodlon siarad.

Cyn brecwast y bore wedyn llusgwyd Jon o flaen ei uwch-swyddog. Roedd gan hwnnw adroddiad ar ei ddesg am y cyfarfod gyda'r gohebydd. Fe holodd y milwr yn dwll ond, wedi perswadio'i hun nad oedd Jon wedi agor ei geg, cyhoeddodd yr uwch-swyddog fod gwaharddiad arno rhag siarad â'r cyfryngau, oni bai fod rhywun o swyddfa'r wasg yno i'w gynghori.

Synhwyrodd Jon fod y cyfweliad ar ben ac, yn ei hanner meddwdod, mentrodd ofyn cwestiwn.

'Beth ddigwyddodd i'm adroddiad i, y fersiwn cywir?'

Ond chafodd o ddim ateb. Cododd y cadfridog adroddiad y capten Jon Clark a'i stwffio i ganol pentwr o bapurau a ffeiliau blêr. Gwenodd cyn estyn am ei goffi a phwyso 'nôl yn ei sedd gan syllu ar wyneb y peilot ifanc. Trodd ei wyneb i fwynhau'r awyr oer oedd yn llifo o'r peiriant awyru ar y dde.

'Dyna ni.' Plethodd ei ddwylo y tu ôl i'w ben. 'Ti wedi gwneud dy ddyletswydd, a dwi wedi gwneud fy un i. Mlaen â ni rŵan efo'r busnes go iawn o ryfela.'

Trodd i ddarllen rhyw bapurau, ac ni chododd ei ben nes i lais Jon darfu arno. Gyda chur pen, sychder a chwysu difrifol yn ei lethu, mentrodd Jon agor ei geg heb wahoddiad am yr eildro a byrlymodd y geiriau ohono.

'Ond fe fomiwyd priodas yn llawn pobl ddiniwed. Mi wnes i fomio tref gyffredin. Fe welais y bobl yn cael eu lladd. Merched, plant a ffermwyr oedden nhw.' Gosododd ei ddwylo ar ddesg y cadfridog. 'A beth am y briodas? Y bobl yna wnaeth fy achub ac fe laddwyd pob un ohonyn nhw . . . ac roedd yna ferch fach mewn trowsus coch . . .'

Bu'n rhaid i'r cadfridog weiddi nerth esgyrn ei ben i dorri trwy lifeiriant siarad Jon.

'Eistedda, a chau dy geg.' Yna eglurodd wrtho'n glir nad lle Jon oedd amau a chwestiynu gorchmynion ei benaethiaid; bod pobl ddiniwed yn cael eu lladd mewn rhyfeloedd. Ond roedd gwersi'n cael eu dysgu, addawodd, a byddent yn gweithio'n galed iawn i sicrhau na ddigwyddai rhywbeth fel hyn eto.

'Paid â meiddio dweud gair rŵan, neu fe fydd pawb mewn helynt. Ti ddim eisiau gwneud gelynion o'r swyddogion sy'n rhedeg y fyddin. Ac os wyt ti'n penderfynu datgelu'r stori i'r wasg, mi fyddi di mewn trwbl; ond, yn waeth na hynny, ystyria am funud y drwg fyddet ti'n ei wneud i'n milwyr ni.' Syllodd y cadfridog arno, a thawelodd ei lais. Roedd wedi hen arfer adrodd y stori hon. 'Ystyria'r drwg y basai stori fel hon yn ei gwneud. Cymaint o bropaganda ti'n ei rhoi ar blât i'n gelynion; sawl hunan-fomiwr fyddet ti'n ei greu efo'r fath stori? A phwy fydd yn dioddef?' Gwelodd y cadfridog fod ei eiriau wedi taro'r targed.

'Dy gyd-filwyr, dy ffrindiau, fydd yn dioddef. Ac i be? Mae'r bobl yna wedi marw; does dim byd y gallwn ni ei wneud am hynny.'

Wedi cael ei orchymyn i adael, saliwtiodd Jon cyn troi ar ei sawdl a gadael yr ystafell.

Angladd

O'r eiliad y deffrodd Jon yn crynu a chwysu yn ei wely llydan yn y gwesty pum seren yng nghanol Washington, dim ond un darlun oedd yn ei feddwl. Roedd ei warchodwr o swyddfa'r wasg wedi llwyddo i'w gadw o'r bar y noson gynt, a rhag i Jon gael ei demtio gan gynnwys y rhewgell fechan yn ei gwpwrdd dillad roedd wedi gwagio honno tra oedd Jon yn y gawod. Rhybuddiodd ef y byddent yn gadael yn syth ar ôl yr angladd i fynychu cinio i'w anrhydeddu yn Seattle, ym mhen arall y wlad. Wedi taith ddiflas o Saudi Arabia trwy'r Almaen, roedd ei gloc mewnol yn credu ei bod hi'n amser noswylio tra bod yr haul yn paratoi i oleuo'r ystafell.

Crynai ei ddwylo, roedd ei geg yn sych a gorchuddid ei gorff gan chwys oer, annifyr. Cysgodd gyda'i ddyrnau wedi'u cau'n dynn, ac roedd cyhyrau ei ên yn brifo lle bu'n crensian ei ddannedd. Pan ddeffrodd, gwyddai fod rhywbeth nad oedd yn ei gofio, ac am eiliad neu ddwy hyfryd gallodd orwedd yno. Yna llifodd yr hunllef drosto a chaeodd ei lygaid, ond roedd yn dal i weld y dref yn llosgi, y ferch yn y trowsus coch.

Anadlai'n gyflym heb lenwi'i ysgyfaint ac ni allai ganolbwyntio ar ddim. Ceisiodd fynd i'r toilet ond ni allai, er bod y boen yn ei stumog yn ei rybuddio y byddai arno angen mynd yn fuan. Roedd yn cael ei flino gan salwch stumog byth ers iddo ddychwelyd i'r gwersyll o'r anialwch.

Dechreuodd ferwi dŵr yn y tegell rhad ger y gwely, ond collodd ddiddordeb cyn iddo ferwi ac aeth i ymolchi. Ond wedi llenwi'r sinc ac estyn am y sebon, gollyngodd ei rasal ar y llawr a sglefriodd honno o dan gwpwrdd. Nid oedd amynedd ganddo i wneud unrhyw beth arall; ni allai ganolbwyntio ar ddim. Roedd wedi trio'i orau, ond roedd yn amhosibl ymwrthod â'r demtasiwn rhagor, felly ffoniodd y dderbynfa i holi am gyfeiriad yr archfarchnad fechan agosaf. Yna gwisgodd ei lifrai ac agor y drws.

Camodd ymlaen, ond cafodd ei ddallu gan olau llachar y coridor. Ymbalfalodd i gyfeiriad y lifft. Roedd yn amser brecwast, a'r gwesty'n ferw gwyllt, ond ni fedrai godi'i ben i ymateb i gyfarchion ei gydletywyr. Yn y lifft cymerodd ddiddordeb mawr yn yr hysbysebion ar y wal fel na fyddai'n rhaid iddo siarad â neb. Pan gyfarchodd dyn tew a'i wraig ef ar y pumed llawr, cymerodd arno na chlywodd mohonynt.

Gwaethygodd ei nerfau pan agorwyd drws y gwesty gan borthor a safai yno, ei law'n aros yn ofer am bapur deg doler. Cerddodd Jon yn gyflym i lawr y stryd. Byddarwyd ef gan gyrn y ceir a'r lorïau oedd yn llifo heibio. Roedd yn canolbwyntio ac yn syllu mor galed ar y llawr fel y bu'n rhaid i ddwy ddynes neidio i ochr y palmant rhag taro yn ei erbyn. Cerddodd trwy barc, gan ailadrodd cyfarwyddiadau'r ferch yn y dderbynfa drosodd a throsodd fel gweddi.

Pan gyrhaeddodd stryd brysur arall mentrodd godi'i ben i weld enw'r siop, a gollyngodd anadl o ryddhad pan gamodd trwy'r drws. Stwffiodd ei law i'w boced a llusgo pob darn o arian papur oedd ganddo yn ei feddiant wrth i'w lygaid sgubo'r silffoedd cyn adnabod y botel fodca label glas o Rwsia.

Wrth ddisgwyl i hen ŵr brynu'i baced sigaréts, cyfrodd Jon yr arian mor agos ag y gallai i bris y botel cyn pwyntio ati'n awchus. Gadawodd yr arian ar y cownter a throi ar ei sawdl heb ddisgwyl am ei newid, gan anwybyddu gweiddi'r siopwr wrth iddo adael. Roedd y darlun ohono'n yfed y botel yn gryfach nag erioed yn ei feddwl, ac roedd cryndod ei eiddgarwch nawr yn gymysg â chrynodod ei angen am y ddiod – ac yn peri iddo grynu'n waeth byth.

Ail-gamodd ar hyd ei lwybr trwy'r parc, ond roedd yr angen am yfed y botel yn cryfhau a'r cyffro wedi deffro'i stumog, ond roedd llais bach yn ei rybuddio y byddai'r heddlu oedd yn gwylio ar eu camerâu yn ei arestio am yfed yn gyhoeddus. Nid oedd yn poeni am gael ei arestio. Ond roedd yn poeni am gael ei daflu i gell am oriau lle na allai gael dropyn i'w yfed. Gwelodd doiled cyhoeddus ac roedd yr angen am wagio'i stumog yn cryfhau, felly anelodd amdano er tagu ar y drewdod chwerw oedd wedi treiddio i'r waliau llaith dros y blynyddoedd.

Gwthiodd ddrws un o'r ciwbiclau bach ar agor a gwichiodd hwnnw wrth ddatgelu drewdod fel petai wedi disgyn i un o'r tyllau anferth a gladdwyd dan doiledau'r gwersyll yn yr anialwch. Caeodd y drws a sylwi nad oedd clo arno, felly pwysodd arno i'w gadw ar gau a rhwygodd y bag papur brown oddi ar y botel. Ond roedd angen mynd i'r toilet arno, a gan mai ond un lifrai glân oedd ganddo cymerodd ofal wrth agor ei drowsus fel nad oedd yn cyffwrdd â'r llawr, ac eisteddodd.

Defnyddiodd un droed i ddal y drws ar agor gan hoelio'i sylw ar y botel. Llithrodd ei fysedd crynedig ar gaead y botel wrth iddo geisio'i hagor, a bu'n rhaid iddo sychu'i law yn ei drowsus cyn stwffio'r botel dan un fraich, gafael yn y gwddf gydag un llaw a gwasgu'r caead yn y llall. Felly y torrodd y caead ar agor a gollyngodd hwnnw ar y llawr. Tynnodd anadl ddofn gan wybod am yr ymdrech oedd o'i flaen. Taflodd ei ben yn ôl cyn codi'r botel at ei wefusau ac agor ei geg. Tagodd, ond daliodd i lyncu'r hylif oedd yn llosgi'i wddf. Ceisiodd ei gorff chwydu a dyna gychwyn yr ymdrech fawr.

Brwydrai ei gorff i chwydu'r ddiod allan tra ymladdai ei ysbryd i'w derbyn. Gorffennodd y botel a gollyngodd hi i'r llawr lle chwalodd yn deilchion. Pwysodd ei ddwylo ar y wal bob ochr gan lyncu'r cyfog oedd yn bygwth ffrwydro o'i geg. Ceisiodd ei gorff ffrwydro'r alcohol allan o'i stumog, ond llyncodd yn galed nes bod dagrau'n llifo i lawr ei wyneb, oedd yn goch gan straen. Ac yna gostegodd y storm.

Dechreuodd anadlu'n rhwydd a gwenodd gan sychu'r hanner chwd a dorrodd trwy'i lwnc oddi ar ei wefusau. Sythodd fymryn a thawelodd ei galon; roedd ei ddwylo'n llonyddu.

Tynnodd anadl ddofn cyn ei rhyddhau a sythu coler ei grys. Safodd gan sythu ei lifrai. Agorodd y drws gan ffieiddio nawr at yr oglau, a brasgamu i'r haul. Synnodd ddwy hen wreigan trwy eu cyfarch yn siriol a chodi cap arnynt – yr un ddwy y bu bron iddo eu hyrddio i'r stryd yn gynharach. Cafodd pawb a gyfarfu ar ei ffordd 'nôl i'r gwesty un ai wên neu 'helô' siriol, neu gyfuniad o'r ddau, ac fe gafodd y porthor ei ugain doler gan beri iddo yntau wenu. Nawr gallai Jon wynebu angladd ei ffrind.

*   *   *

Roedd yn fore heulog ond oer wrth i'r arch dderw gael ei chludo ar gert wedi'i thynnu gan ddau geffyl. Chwifiai pluen ddu o'r capiau lledr ar bennau'r ddau anifail gosgeiddig, ac roedd eu cotiau wedi'u brwsio nes eu bod yn sgleinio. Tu ôl i'r elor roedd band yr awyrlu'n cydgerdded, hanner cant o ddynion yn symud fel un, eu hesgidiau fel gwydr yn adlewyrchu pelydrau'r haul. Roedd curo'r drwm anferth, oedd yn gwneud corrach o'r milwr chwe throedfedd a'i cariai, yn atseinio ar hyd y strydoedd. Gorchuddiwyd ffon y drwm gan gap ffwr fel bod y curo'n ddyfnach a thawelach.

Caewyd y ffordd gan yr heddlu, ac roedd swyddogion yn eu lifrai gorau ar geffylau'n ffurfio gosgordd o amgylch y milwyr. Uwchben roedd hofrennydd yr heddlu, a thri arall yn perthyn i'r cyfryngau, yn cadw llygad o bell ar bopeth ar hyd y daith i fynwent genedlaethol Arlington. Fel y dywedodd y gohebwyr droeon, dyma dir mwyaf sanctaidd America, y fynwent a neilltuwyd ar gyfer arwyr ac arweinwyr. Ac arwr yn wir oedd Carl Webster, meddent, dros gyfres o luniau o'r actor golygus, o rai cynnar ohono'n blentyn i'r un olaf ohono yn ei lifrai. Roedd yn wyrth fod y fyddin wedi llwyddo i ddod o hyd i'w gorff, meddai un gohebydd o Efrog Newydd yn ddifrifol.

Penderfynodd yr holl orsafoedd newyddion eu bod am ddarlledu'r angladd yn fyw, ac roedd eu gohebwyr wedi'u gwasgaru ar hyd y llwybr i'r fynwent, yn pwyntio'u camerâu at unrhyw un a ddangosai emosiwn. Cawsai'r dorf ei pharatoi ar gyfer ei dyletswydd gan raglenni a bwletinau di-baid yn clodfori aberth uchaf y milwr ifanc, a oedd yn ymgorffori ysbryd ei wlad, yn ôl yr Arlywydd. Wylai rhai'n ddilywodraeth, sychai eraill eu llygaid â hancesi papur gwyn gyda'r faner arnynt – a gynigid am grocbris ar bob cornel stryd gan werthwyr craff. Gwnâi eraill arwydd y groes, ond gwnaed popeth mewn tawelwch. Clywid atsain clychau'r eglwysi ar y gwynt, ambell waith yn cryfhau, yna'n gostegu cyn cynyddu eto.

Tu allan i un o'r parciau, safai glanhawr stryd a fu wrthi ers bron i hanner can mlynedd wrth ei waith. Cofiai am nifer o seremonïau tebyg a welsai ers amser rhyfeloedd Corea, Fietnam a'r Gwlff, yn ogystal â llu o ryfeloedd bychain eraill nad oedd neb yn cofio amdanynt bellach. Safai'n stond fel milwr gan ddal ei ysgub o'i flaen ac efelychu'r milwyr a welsai'n dal eu reiffls ar y teledu. Wrth i'r osgordd fynd heibio, rhoddodd salíwt, gan roi gwobr Pulitzer ar blât i'r unig ffotograffydd a'i gwelodd. O'i gwmpas ymhobman, gorffwysodd dynion a merched eu genau ar eu mynwesau mewn gweddi dawel o deyrnged i'r actor o filwr.

Nid felly Jon Clark, a ddilynai'r osgordd gyda'i lygaid wedi'u hoelio ar yr arch drom o'i flaen. Cofiodd wyneb y cadfridog pan ofynnodd Jon iddo yn ei swyddfa yn y gwersyll yn Saudi Arabia,

'Sut yn y byd y cafwyd hyd i gorff Carl un mis ar ddeg wedi'r cyrch bomio?'

Nid atebodd y cadfridog, dim ond osgoi llygaid Jon wrth arwyddo dogfennau, a datgan fod angladd Carl Webster i'w gynnal ym mynwent genedlaethol Arlington. Roedd am fod yn achlysur anferth gyda sêr Hollywood a phrif swyddogion y llywodraeth yn mynychu er mwyn talu teyrnged i'r cyn-serenplentyn o fyd y ffilmiau. Byddai'r Arlywydd yn rhoi medal uchaf y fyddin, y *Congressional Medal of Honor*, i rieni Carl mewn seremoni yn y Tŷ Gwyn. Cododd ei lygaid.

'Mae'n debyg y byddi di'n cael dy anrhydeddu hefyd, ac eto . . .' Gadawodd y frawddeg ar ei hanner yn fygythiol gan ailddechrau arwyddo dogfennau.

Perswadiwyd Jon fod yn well iddo yntau fynychu'r diwrnod, a chafodd docyn dosbarth cyntaf a swyddog profiadol o swyddfa'r wasg i ofalu amdano. Gwaith hwnnw oedd gwneud yn siŵr nad oedd y peilot ifanc yn agor ei geg ar y ffordd i angladd ei ffrind, yr actor a fu farw ym mynyddoedd Affganistan.

Ar yr awyren, wedi oriau o holi gan Jon, eglurodd swyddog y wasg fod y mater wedi tyfu fel caseg eira a bellach fod yn rhaid i bawb dderbyn y stori, neu caent eu siomi. Roedd yr Arlywydd ei hun wedi dweud mai dyma sut roedd pethai i fod, meddai.

'Cofia, mae dinasyddion America angen stori dda.' Pwysleisiodd y geiriau olaf. 'Maen nhw angen talu teyrnged, a dwi'n siŵr y basa Carl yn cytuno. Wnaiff o ddim drwg i beidio â chynhyrfu'r dyfroedd.' Dyna oedd rhybudd ei warchodwr y bore hwnnw, er bod ei eiriau'n swnio'n wag hyd yn oed iddo ef.

Wedi'i gynhesu a'i atgyfnerthu am y tro gan ei ffrind o'r archfarchnad, martsiodd Jon â'i gefn yn syth, ar goll yn ei niwl personol, mewnol. Ffarweliodd â'i gyfaill gan gadw'i lygaid ar yr arch wag yr oedd pawb yn talu teyrnged iddi.

Ail Gyfle

Diffoddwyd y fflam i un gŵr ifanc yr un mor ddirybudd ag yr ail-gyneuwyd y fflam i'r llall. Bu'n ymdrech fawr i Hani gyrraedd y porthladd ac yntau wedi'i glwyfo a'i gleisio mor ddrwg. Nid oedd ei lygad chwith yn brifo o gwbl bellach, ond roedd hanner ei fyd yn ddu ac roedd hynny'n gwneud iddo deimlo'n sâl. Ond nid oedd yr ymdrech gorfforol yn ddim o'i chymharu â'r ymdrech ysbrydol a gafodd cyn cychwyn ar ei daith.

'Pam fod rhaid gwneud hyn?' gofynnodd droeon.

'*Jihad*, yr ymdrech,' atgoffodd y pregethwr ef bob tro gan edrych i fyw ei lygaid. 'Rhaid dial ar y rhai sy'n ymosod ar ein brodyr a'n chwiorydd ymhobman yn y byd.'

Dyfynnwyd penodau cyfan o'r *Qur'an* iddo, gan ei atgoffa o'r golled bersonol a gafodd ef, a phwysleisio fod bywyd gwell yn disgwyl amdano, dim ond iddo gymryd rhan yn yr ymdrech.

'Cofia mai'r byd nesaf yw'r gwir fywyd,' meddai'r pregethwr yn eu cyfarfod olaf. 'Caiff dy aberth ei chofio am ganrifoedd,' ychwanegodd. 'Mi wnaiff wahaniaeth, ac fe fyddi ym Mharadwys am byth.'

'Ond beth am fy nheulu?' gofynnodd Hani am y canfed tro.

'Mae dy deulu'n disgwyl amdanat yno,' meddai'r pregethwr.

Ni wyddai neb am ei garwriaeth ag Ayman, ond ofnai Hani ei bod hithau, fel pawb arall yn y dref, wedi'i lladd. Dywedodd y pregethwr wrtho nad oedd neb wedi goroesi. Nid oedd ganddo reswm i ddychwelyd adref. Roedd darllen y llythyrau yn ei gysuro ac yna, pan fyddai'n cyrraedd y diwedd, yn ei arteithio. Fyddai hi byth yn ysgrifennu llythyr arall ato.

Roedd Hani wedi'i wanhau gan fisoedd o waith caled, dim digon o fwyd a diod, a chwsg gwael ar wely caled. Ar yr un pryd, roedd atgofion poenus am ei deulu'n ei flino. Cytunodd o'r diwedd, wedi pwyso hir, i fynd ar y cyrch olaf.

Wedi cael ei fesur am y wasgod, fe'i rhoddwyd i sefyll o flaen camera i ddarllen datganiad a ysgrifenwyd iddo gan y pregethwr. Dyma fyddai ei neges olaf, eglurodd hwnnw, ac fe allai ysbrydoli eraill i ddilyn ei lwybr. Ond roedd yn dal i amau.

'Dwi'n poeni a fydda i'n medru ffrwydro'r bom,' cyfaddefodd Hani.

'Paid ti â phoeni am hynna,' gwenodd y pregethwr a'i wasgu'n dyner yn ei freichiau. 'Nid ti yw'r cyntaf i ofyn hynny.' Cynigiodd wydraid o ddŵr i Hani. 'Allah fydd yn ffrwydro'r bom a chosbi'r *kuffar*. Dim ond cerdded yno fydd yn rhaid i ti ei wneud.' Gwenodd eto. 'Efallai y bydd Allah'n penderfynu na fydd angen cosbi ac fe alli di ddychwelyd.' Roedd y pregethwr wedi hen arfer perswadio dynion, a merched, ifanc i gymryd rhan yn yr ymdrech.

'A chofia di, byddi wedi sicrhau dy le ym Mharadwys oherwydd dy barodrwydd i aberthu.'

A dyna pam y safai Hani'n chwysu yn y porthladd prysur gan chwilio'n ofer am chwa o awel oerach o'r môr. Roedd y pysgotwyr lleol yn tywys eu cychod pren bychan allan o'r harbwr gan weddïo nad oedd y llong rhyfel wedi rhwygo'u rhwydi, fel oedd yn digwydd yn aml.

Sylwodd Hani ei fod yn sefyll gan wynebu'i wlad ei hun, y mynyddoedd lle magwyd ef, a'i dref enedigol. Caeodd ei lygad a gwelodd unwaith eto fynyddoedd bro ei febyd wedi'u claddu dan garthen wen ddisglair. Clywai sŵn yr eira dan ei draed wrth iddo ddilyn y geifr, gan arogli mwg tanau coginio'r bore bach, a chyfarchiad tawel Ayman, oedd yn disgwyl amdano ger yr afon.

Yn y ddinas o wydr, haearn a metel a ariannwyd gan olew o'r tywod, ffrwydrodd bom yn y porthladd. Gwasgarwyd gweddillion y gŵr ifanc gyda'r peli o ddur a rwygodd gyrff dwsinau o ddynion, merched a phlant a safai gerllaw. Hyrddiwyd pen yr hunan-fomiwr hanner can troedfedd i'r awyr cyn iddo ddisgyn i'r ddaear, y llygad glas yn dal ar agor yn syllu'n hurt tuag at fryniau ei famwlad.

*   *   *

Yn y ddinas a adeiladwyd y ddwy ochr i'r afon lydan yng ngwlad fwyaf grymus y byd, dringodd Jon Clark y wal oedd yn llithrig gan weddillion y tonnau. Wedi cyrraedd ei chopa fe safai ugain troedfedd uwchben y dŵr llwyd.

Gwelai ambell drobwll yma ac acw yn tystio i rym y lli. Darnau o goed, dail yr hydref a bagiau plastig gwyn oedd yn addurno'i hwyneb. Tynnodd y dryll o'i wregys, ac yn union fel y bu'n ymarfer yn ei feddwl ers wythnosau, gosododd hwn wrth ei dalcen. Gollyngodd anadl ddofn o'i ysgyfaint a dechreuodd wasgu'r glicied. Ond er gwasgu, roedd y glicied yn teimlo'n drwm. Prin y gallai ei symud, a theimlai'r gwn yn mynd yn drymach ac yn drymach. Roedd yn crynu yn ei law pan glywodd y *clic* tawel o'r diwedd, wrth i ru'r gwn anfon y fwled ar ei thaith. A'r eiliad y clywodd y clic tawel cyn y Krakatoa o ffrwydrad, roedd Jon yn edifarhau.

Llosgodd y fwled ar hyd ochr ei ben gan grafu'r croen yn lân at yr asgwrn a thorri darn twt oddi ar ei glust. Gollyngodd y gwn wrth godi'i law yn reddfol at y glust a fyddarwyd gan yr ergyd, a chollodd ei gydbwysedd. Dechreuodd ei freichiau chwifio fel melin wynt wrth iddo geisio'i atal ei hun rhag disgyn, ond llithrodd ei draed ar y brics llaith a disgynnodd yn flêr i'r dŵr.

Suddodd fel carreg yn ei got drom nes bod nodwyddau poeth yn bygwth chwalu'i glustiau. Eiliadau'n gynharach roedd eisiau marw. Nawr dim ond agor ci geg oedd angen a byddai'n boddi. Cofiodd glywed bod honno'n ffordd rwydd o farw.

Ond cadwodd ei geg ar gau. Ciciodd ei esgidiau'n galed oddi ar ei draed a gwthiodd ei got drom oddi ar ei ysgwyddau. Tynnodd yn galed am wyneb y dŵr gyda'i freichiau, gan ffrwydro trwy'r tonnau fel corcyn. Er bod y dŵr yn boenus o oer, ac yntau wedi colli teimlad yn ei ddwylo a'i draed, ymlaciodd a gadael i'r cerrynt ei sgubo fel deilen gan gicio nawr ac yn y man tuag at y lan. Ceisiai sychu'i lygaid, ond roedd y tonnau'n ei chwipio nes ei fod yn gorfod tagu a chwydu'r dŵr o'i stumog. Wedi munudau hir, pan deimlai ei gorff yn rhewi, roedd wedi cyrraedd y lan lle roedd nifer o gychod wedi'u hangori.

Clywodd weiddi a cheisiodd droi'i ben i weld pwy oedd wedi'i weld. Ni allai weld neb, ond gwelodd siaced achub goch yn hedfan drwy'r awyr a rhaff wedi'i rhwymo wrthi. Glaniodd y siaced achub ychydig lathenni oddi wrtho a nofiodd yn gryf tuag ati, stwffio trwyddi a gafael mor dynn ag y gallai. Roedd yr oerfel wedi troi'n gynhesrwydd a theimlo'n gysglyd. Dyma'r adeg beryclaf, pan oedd y corff ar fin cysgu.

Teimlodd ei hun yn cael ei dynnu drwy'r dŵr nes i'w ben daro yn erbyn darn o fetel. Ysgol fetel ar ochr cwch. Teimlodd ei hun yn dringo hon gan hanner neidio a chropian i fyny nes cyrraedd yr ochr a disgyn yn glep ar lawr fel pysgodyn wedi'i lusgo i'r lan.

Gorweddodd yno'n wlyb socian, bron yn noeth, cyn tagu dŵr o'i stumog. Gwenodd. Roedd yn fyw. Teimlodd y cwch yn ysgwyd wrth i rywun neidio ar ei fwrdd. Gafaelodd llaw am ei ysgwydd wrth iddo gael ei droi ar ei gefn. Roedd heddwas bochgoch yno ar ei bengliniau, yn anadlu'n drwm fel petai newydd redeg canllath.

'Wyt ti'n iawn?' gofynnodd cyn llyncu llond ysgyfaint o wynt a'i ryddhau'n swnllyd.

'Ydw,' atebodd Jon gan dderbyn ei law a chael ei dynnu ar ei draed.

'Ti'n lwcus dros ben. Dwi erioed wedi gweld neb yn cael eu tynnu o'r afon yn fyw o'r blaen.'

Daliai'r heddwas i gnoi gwm yn gyflym wrth geisio llenwi'i ysgyfaint yr un pryd. Edrychodd ar yr afon. 'Be wnest ti, llithro?'

Nid atebodd Jon, gan godi'i ysgwyddau a chrynu'n galed yr un pryd.

'Bydd yn rhaid imi gwblhau adroddiad am hyn,' meddai'r heddwas, 'ond yn gyntaf, well i ni dy sychu di, neu mi fyddi di fel lolipop!' Chwarddodd ar ben ei jôc ei hun cyn gofyn, 'Gyda llaw, be 'di dy enw di?'

Oedodd Jon am eiliadau hir cyn ateb mewn llais clir, 'Mohammed ydi fy enw. Mohammed Al-Ibrahim,' meddai, gan ymsythu wrth siarad ac edrych ym myw llygaid yr heddwas.

Tynnodd hwnnw'i got a'i thaflu am ysgwyddau Mohammed.

'Falch i gwrdd â chdi; Jack Polawski,' meddai'r heddwas gan roi ei fraich o'i amgylch a'i dywys oddi ar y cwch ac i'r lan.

Dridiau ar ôl cyrraedd America, teimlai Mohammed fel pe bai wedi cyrraedd adref o'r diwedd.

Gwyrth

Baglodd y plentyn bychan dros riniog ei gartref newydd nes ei fod ar ei hyd ar y llawr. Cleisiodd ei ben-glin ond, mewn amrantiad, cododd ar ei draed a rhwbio'i ddwylo. Gwenodd Rehman, a oedd wedi gwylio hyn yn ofalus fel arfer. Roedd yn barod i gamu'n nes a chynnig cysur os oedd angen, a chododd Ishmail yn ei freichiau. Yna rhoddodd ef ar y llawr a rhedodd y bychan yn sigledig at weddillion y ddwy goeden. Hoffai geisio dringo i'r canghennau oedd allan o'i gyrraedd trwy gamu ar y cerrig oedd wedi'u gwasgaru o'u hamgylch. Er gwaethaf rhybuddion y bugail a'i wraig, roedd wedi llwyddo i afael yn y canghennau fwy nag unwaith, ond fedrai o wneud dim mwy na hongian yno'n chwerthin cyn disgyn yn swp i'r llawr.

Rhyfeddai Rehman mai ychydig dros flwyddyn oedd wedi mynd heibio ers iddo gynhesu'r babi bychan uwchben tân ger y coed, ar ôl iddo'i sgubo o'r afon ac achub ei fywyd. Aeth ag Ishmail adref wedi iddo gynhesu, a'i fochau'n goch unwaith eto. Ofnai beth fyddai ymateb Shahnah ei wraig o weld y plentyn, ond gan fod gweddill y dref yn llosgi a'r ychydig bobl a oroesodd yn brwydro i ofalu am y rhai a glwyfwyd, nid oedd dewis ganddo.

Pan agorodd y drws, daliodd ei wynt gan

ddisgwyl gweiddi a chrio uchel a sterics. Ond syllodd Shahnah ar Ishmail am eiliadau hir cyn camu ato a chymryd y baban i'w mynwes a'i wasgu'n dyner cyn ei gusanu. Roedd Ishmail wedi ailddechrau crio eto, ond dechreuodd Shahnah ganu'n dawel a'i fagu 'nôl a mlaen yn ei breichiau. Wedi'r blynyddoedd caled a'r ymddieithrio oddi wrth y gymdeithas oherwydd iddynt golli eu plentyn, teimlai Rehman ei lygaid yn gwlitho wrth weld ei wraig mor hapus. Caeodd nhw'n dynn a throi'i ben i geisio cuddio'i deimladau ond, fel arfer, roedd Shahnah wedi sylwi ar ei gŵr. Y cyfan y llwyddodd i'w gyflawni oedd cynnau gwên ar wyneb ei wraig ac addurno'i amrannau yntau gyda pherlau mân.

Sylweddolodd Rehman mai dyma'r tro cyntaf i'w wraig wenu ers iddynt golli eu mab, a theimlodd y fath ryddhad nes iddo anghofio am ychydig funudau gwerthfawr am y gyflafan yn y dref.

Yn ystod yr wythnosau canlynol dechreuodd Shahnah sgwrsio eto a chynnig gweu dillad am y tro cyntaf ers amser maith, gan anfon ei gŵr i chwilio am waith iddi wrth i'r dref ddechrau cael ei hailadeiladu. Canolbwynt popeth iddi oedd y baban, a gymerodd ati ar unwaith.

Wedi wythnosau anodd o dyllu, ac er gwaetha'r rhew a'r eira, llwyddwyd i gladdu pob un o'r bobl a laddwyd yn y bomio. Treblwyd maint y fynwent. Arhosodd rhai trigolion gwydn yn y dref dros y gaeaf, tra bod eraill wedi mynd i aros gyda theulu ymhellach i lawr y dyffryn. Yng nghartref y bugail a'i wraig ar y llethrau uwchben, trwy fisoedd blin y gaeaf, blagurodd eu cariad eto. Bob bore pan fyddai'n deffro, diolchai Rehman i'w Dduw am y wyrth.

Yn y gwanwyn dychwelodd pobl i'r dref ac aethpwyd ati i ddechrau ailadeiladu eu cartrefi. Atgoffwyd pawb gan Ridiq, a agorodd ei stondin fwyd pan ddychwelodd yr adar cyntaf, fod y dref wedi'i chwalu a'i hysbeilio fwy nag unwaith yn y gorffennol, ond ei bod wedi atgyfodi bob tro.

Erbyn yr haf roedd y farchnad wedi ailagor a masnachwyr yn tyrru yno fel arfer o'r dyffrynnoedd eraill. Cyrhaeddodd gwerthwyr halen hefyd, er nad yr un rhai â'r flwyddyn gynt.

Synnwyd Rehman pan ddywedodd Shahnah, wrth iddo yfed te un bore, y byddai'n well iddyn nhw symud yn ôl i'r dref yn awr.

'Rydyn ni'n deulu eto rŵan, a'n lle ni ydi bod ynghanol pobl eraill,' meddai'n dawel.

'Wrth gwrs, wrth gwrs,' meddai Rehman. 'Mi af ati'r bora 'ma i wneud trefniadau.'

'Dwi am iti ddangos i mi lle roedd yr afon wedi'i olchi o i'r lan,' meddai Shahnah gan rwbio baw oddi ar ddwylo Ishmail.

Cytunodd Rehman ar unwaith gan ei fod yn barod i wneud unrhyw beth i'w gwneud hi'n hapus. Pan ddangosodd iddi lle y cynhesodd y babi ar ôl ei achub o'r afon, dewisodd hi'r adfail gerllaw yn gartref iddynt. Aeth Rehman ati gyda chymorth cymdogion i ailadeiladu'r bwthyn a'i ehangu ar gyfer ei deulu bach.

Roedd yn gartref cyfleus, ond daliai Shahnah i fynnu ei fod yn cario dŵr bob dydd o'r ffynnon yn hytrach nag o'r afon. Dywedai ei fod yn blasu'n well; yn dawel bach, nid oedd wedi maddau i'r afon am gymryd ei mab oddi arni. Er nad oedd yn cytuno â'i wraig, fe gludai Rehman y dŵr bob bore o'r ffynnon. Byddai rhai o'i gymdogion yn tynnu'i goes gan fod yr afon mor agos. Llifai honno heibio gan guddio'r gyfrinach erchyll yn ei dyfroedd llwyd.

Pwysodd Rehman ar y wal a ailadeiladodd ger ei gartref, gan gadw llygad gofalus ar y bychan. Roedd hwnnw'n diddori'i hun trwy gasglu'r ychydig ddail oedd wedi disgyn oddi ar y coed. Blagurodd rhai o'r canghennau er gwaetha'r tân. Mentrodd Ishmail flasu deilen cyn i gerydd tawel y bugail ei atal. Ond mynnodd ddal ati i gasglu rhai o'r dail, a'u dal yn rhyfeddol o dyner yn ei ddwylo bychan.

Cerddodd Ayman, merch yr arweinydd, heibio gan gario'i baban hithau, oedd bellach yn bedwar mis oed. Yn fuan wedi'r bomio, roedd wedi priodi'n gyflym ag un o'r *mujahideen*, gŵr ifanc a gafodd ei fyddaru yn yr ymladd ger y dref, ac aeth i fyw gydag ef i ddyffryn arall. Ond wedi iddo gael ei ladd, dychwelodd i gartref ei thad. Treuliai ei hamser yn cerdded, neu wrth yr afon gyda'i baban. Gwenai hwnnw ym mreichiau ei fam, a gwelodd Rehman ei lygaid glas. Roedd pawb yn gadael llonydd iddi ddygymod â'i cholled.

'Cinio'n barod; brysiwch, mae'r bara'n dal yn boeth,' gwaeddodd Shahnah o'r gegin.

Wrth ei chlywed roedd Ishmail wedi neidio oddi

ar y garreg a cherdded yn drafferthus i'r tŷ gan ddefnyddio'r wal bob yn ail gam i'w rwystro rhag disgyn. Dilynodd Rehman ef, a thrwy'r drws agored gwelodd ef yn cynnig y dail i'w wraig a hithau'n gwenu a phlygu i gusanu'r bychan.

Llenwai arogl pobi bara yr ystafell. Berwai crochan bychan, du ar y tân. Roedd Shahnah newydd dywallt te i gwpan a lenwodd â siwgr yn barod i'w gynnig i'w gŵr. Cododd y plentyn gan wenu a'i ddal ar ei mynwes, a'i gusanu cyn cynnig darn bach o'r bara ffres iddo. Defnyddiodd hwnnw'i law i fwydo'r bara i'w geg gan ei gnoi'n galed cyn gwenu'n fodlon a pharhau i edrych ar ei hwyneb. Trodd Shahnah wrth glywed ei gŵr yn camu i'r gegin a chau'r drws ar ei ôl. Gwenodd eto. Cusanodd y plentyn unwaith yn rhagor a gorffwyso'i boch ar ei wyneb.

O Afallon i Shangri La   £6.95
ISBN: 978 1 85902 919 0

Taith anturus ar gefn beic ar hyd un o ardaloedd mwyaf anial y byd a geir yn y gyfrol ardderchog hon. Dyma stori wir am wireddu breuddwyd, am fentro gwthio corff ac ysbryd i'r eithaf a chael profiadau gwirioneddol fythgofiadwy yn dâl am yr ymdrech. Daeth y gyfrol hon am daith epig Llion Iwan a'i gyfaill Dylan Griffith yn yr Himalaya yn agos iawn at ennill Medal Ryddiaith yr Eisteddfod Genedlaethol yn 2000.

Lladdwr £6.99
ISBN: 978 1 84323 562 0

Wedi i'w yrfa addawol fel pêl-droediwr fynd yn ffliwt, does gan Dafydd Smith ddim dewis ond dod adre i'r Drenewydd i ddechrau gweithio i'r papur newydd lleol. Pan gaiff hen wraig ei llofruddio ar fferm gyfagos, caiff Dafydd ei hunan ar drywydd y stori cyn neb arall. Ond pam lladd hen wraig ddiniwed? Oes gan y parsel o bapurau â CYFRINACHOL wedi'i stampio arno rywbeth i'w wneud â'r achos? A beth yw rhan MI5 yn hyn i gyd? Yn sydyn mae'r cyw-newyddiadurwr yn gwybod gormod a'r cwestiwn mawr yw pa un o'r erlidwyr sy'n mynd i gael gafael ar Dafydd gynta, ai'r Cyrnol, yr heddlu ynteu'r Lladdwr? Mae'r stori llawn tensiwn yn symud yn gyflym o'r Canolbarth i goridorau grym Llundain, ac yn ôl i goedwigoedd a llynnoedd Powys. All Dafydd redeg yn ddigon cyflym i ddianc rhag y Lladdwr? Mae ei yrfa – a'i fywyd – yn dibynnu ar ddweud y stori, ond tybed a ydyw'n ddigon dewr i herio'r Sefydliad?

> Dawn fawr Llion Iwan, yn y nofel hon a'i nofel gyntaf, yw ei allu i gadw'r stori i symud. Mae'r arddull drwyddi draw yn rhedeg yn rhwydd ac yn ymddangos yn ddiymdrech. (mae) wedi llwyddo unwaith eto i greu nofel sy'n cynnig dihangfa bleserus i'r darllenydd.
>
> *Lyn Ebenezer*

Casglwr £7.99
ISBN: 978 1 84323 353 4

Mae pethau'n edrych yn ddu ar Dafydd Smith. Daeth yn enwog fel gohebydd ar bapur newydd y *Times* yn Llundain, ond llithrodd y cyfan trwy ei ddwylo. Bellach mae 'nôl yng Nghymru, yn gweithio ar bapur lleol, i fos y mae'n ei gasáu. Mae mewn dyled, ar fin colli ei swydd – a'i gariad. Ac mae'n yfed gormod.

Yna, mae Dafydd yn baglu dros stori frawychus sy'n cynnig cyfle iddo ddianc o'r twll y mae ynddo. Nid damwain achosodd farwolaeth sinistr y corff ar y rheilffordd. Ac nid yw'n credu am funud mai lladd ei hunan wnaeth ei ffrind. Rhaid i Dafydd ddatrys y dirgelwch sydd wrth wraidd y stori er mwyn achub ei groen ei hun . . . ond am ba bris?

Mae . . . wedi taro ar syniad ardderchog am stori, wedi ei hysbrydoli gan ddigwyddiadau go-iawn . . . tan y diwedd . . . yr ychydig dudalennau ola' ysgytiol . . .

Dylan Iorwerth

Euog £6.99
ISBN: 978 1 84323 759 4

Mae Dafydd Smith mewn cell, wedi ei ddedfrydu i oes yn y carchar am lofruddio'i gariad. Aeth ei fywyd ar chwâl i gyd ond, gyda chyn lleied i'w golli, nid yw Dafydd yn fodlon derbyn y bai am drosedd rhywun arall, yn enwedig tra bod y llofrudd go iawn yn dal â'i draed yn rhydd.

Ond am ba hyd? Wrth i'r rhwyd gau am Louis Cypher, y Casglwr dieflig, pwy sy'n mynd i lwyddo i'w ddal gyntaf? Ai'r eithafwyr Ffasgaidd sydd eisiau defnyddio'r Casglwr, a'i gyfrinach iasol, i'w dibenion terfysgol eu hunain? Ai MI5, o dan arweiniad y Cyrnol a hen 'ffrind' Dafydd, y Lladdwr? Ynteu Dafydd ei hun, sy'n fodlon aberthu popeth am y gwir? Beth yw gwir werth rhyddid, a phwy sy'n fodlon talu'r pris?

> Nofel gynnil, gyffrous ac ansentimental am ddyn sy'n ceisio cyfiawnder mewn byd anghyfiawn.
>
> *Elin Llwyd Morgan*